Yasmin Mai-Schoger

Die Harznoks

und andere lustige und Geschichten aus dem Harz

Yasmin Mai-Schoger

Die Harznoks

Geschichten für große und kleine Kinder

...man sollte nie schneller gehen als der Blick
schweifen kann!

Yasmin Mai-Schoger

Bibliografische Information der Deutschen Nationalbibliothek:
Die Deutsche Nationalbibliothek verzeichnet diese Publikation in der Deutschen Nationalbibliografie; detaillierte bibliografische Daten sind im Internet über http://dnb.dnb.de abrufbar.

© 2020 Mai-Schoger, Yasmin
Herstellung und Verlag: BoD – Books on Demand, Norderstedt
ISBN: 9783751951463

1. Auflage 2020

Die Harznoks

Bilder/ Illustration: Yasmin Mai-Schoger

Inhaltsverzeichnis

Die Harznoks

Am Rande des verwilderten Gebirges mitten in einem Waldstück im tiefsten Harz, zwischen baumreichen Bergen, grünen Wiesen und fast unberührter Natur, in einer der verwunschenen sieben Bergstädte, wohnen die *Harznoks*. Die freundlichen kleinen Wesen hausen in den Baumwurzeln der Jahrhunderte alten Bäume und sorgen für das Gleichgewicht der Natur.

Die *Harznoks* ähneln den hiesigen Füchsen, allerdings sind diese schwarz und nicht mal eine Handbreit groß. Am Rücken haben die lustigen Gestalten feine schimmernde dunkelblau-glänzende Flügel. Elfenähnlich und schmetterlingshaft wirken die winzigen Wesen. Die Hinterteile der *Harznoks* sind mit feinem Flaum überzogen, sind samtig weich und können sogar leuchten. Mit ihren zartgliedrigen Flügeln flattern sie wie Fledermäuse in der Dämmerung.

Am Tag sitzen die *Harznoks* in den Wipfeln der hochgewachsenen Fichten und schauen von oben auf die Berge, Täler und Flüsse. Von dort aus regeln sie das Zusammenleben der Tiere und sind das Bindeglied zwischen den Tieren aus der alten und der neuen Zeit.

Am Abend, kurz bevor der Mond sein weiches Licht über die Wiesen und Täler gleiten lässt, fliegen die lustig wirkenden Gestalten durch die Lüfte und beobachten die vielen Rehe, Füchse, Wildschweine und Luchse. Aber sie sind nicht nur für die großen Tiere da, auch den kleinen Insekten, Käfern und Würmern schenken sie ihre Aufmerksamkeit.

Die *Harznoks* ernähren sich überwiegend von den wohlschmeckenden Nadeln der Fichten oder den schmackhaften Zapfen. Hin und wieder genießen sie „Resina", den Saft der Bäume. Diesen ernten sie vorsichtig in den Nächten, in denen der Vollmond in seiner ganzen Pracht am Himmel steht. Denn nur dann und nur dann, hat dieser Saft eine kräftigende Wirkung.

Wer im Wald spazieren geht kann mit ein wenig Glück die kleinen putzigen Geschöpfe zwitschern hören – ihre Stimmen sind denen der Vögel ähnlich, nur viel zarter und weicher.

Und wer noch mehr Glück hat, bekommt eines der *Harznoks*weibchen zu sehen. Diese sind nämlich viel neugieriger als ihre männlichen Kollegen und fliegen von Zeit zu Zeit über die wunderschönen Blumenwiesen zwischen dem *Unteren* und dem *Oberen Rabental*.

Seit vielen vielen Jahrhunderten schon leben die *Harznoks* in den Wäldern des Harzes, schon viel länger als alle Zwerge, Hexen, Feen und Wassernymphen. Sie sind sogar schon älter als die Einhörner in der Einhorn-höhle oder der selten gewordene Rasselbock.

Eines Tages saßen zwei der *Harznoks* in der Nähe des Spiegelbaches, nicht weit vom Rabental. Wurpik und Sikkim thronten über den Wiesen in der höchsten Fichte am Waldesrand und betrachteten wohlwollend die Tiere. Gerade krabbelten ein paar Borkenkäfer an der gesunden Fichte hoch und Wurpik, der ältere der beiden, scheuchte die Käfer zu den absterbenden Bäumen in der Mitte des Waldes. Nur hier durften sie ihr Unwesen treiben. Eigentlich wussten das auch die frechen Borkenkäfer, aber diese waren noch sehr jung und übermütig und wollten einfach mal an einem gesunden und frischen Baum knabbern. Doch Wurpik wusste genau wie er mit ihnen umgehen musste. Freundlich und bestimmt verwies er auf die hölzernen, abgestorbenen Bäume die der Wind neulich umgepustet hatte. Die Borkenkäfer waren einsichtig und wendeten sofort. Sikkim wunderte sich immer wieder wie ruhig und gelassen Wurpik mit den frechen Borkenkäfer umging. Sie hatten Glück, dass nicht er mit ihnen gesprochen hatte.

Gerade als Wurpik und Sikkim es sich in den Spitzen gemütlich machen wollten, hörten sie ein leises Wimmern unter sich. So ein merkwürdiges Geräusch hatten sie noch nie gehört und zuerst überlegten sie, ob nicht ihre

Freunde Omorika und Sachalin sie auf den Arm nehmen wollten. Omorika und Sachalin würden die nächste Schicht in den Wipfeln des Baumes übernehmen und sie waren dafür bekannt, dass sie gern Späße machten. Doch so sehr sich Wurpik und Sikkim auch anstrengten, sie konnten niemanden entdecken.

Wurpik fasste sich ein Herz und schaute nach. Er ließ sich mit seinen blauschimmernden Flügeln langsam nach unten gleiten und blickte in jedes Stockwerk, es waren an die zweihundert. Der Baum war also schon sehr sehr alt, ziemlich genau zweihundert Jahre.

Als Wurpik endlich unten angekommen war, sah er einen kleinen Menschenjungen. Da er nicht genau wusste, was der Junge wollte, setzte er sich auf das untere Stockwerk zwischen die Nadeln und beobachtete ihn. Von oben rief Sikkim er solle wieder hinauf kommen, doch Wurpik hörte ihn nicht.

Gefahr schien von dem kleinen blonden Jungen nicht auszugehen, sonst hätten die sonst blauschimmernden Flügel angefangen zu leuchten.

Als der kleine Junge ganz herzzerreißende Wimmertöne von sich gab, fasste sich Wurpik ein Herz und flog zu ihm. Genau über dem Jungen schwirrte er im Standflug wie ein Kolibri und fragte ihn was los ist.
Der Junge hieß Micha Schmeckebier, war einer der kleineren seiner Art, noch eher im heranwachsenden Alter und war in ein tiefes Loch getreten aus dem er nun nicht mehr heraus kam. Micha steckte mit seinem Fuß zwischen den Wurzeln eines Baumes und hatte sich sein zartes kleines Füßchen verletzt. Schmerzerfüllt weiteten sich seine großen Augen, es liefen ihm Tränen über die roten Wangen.
Als Wurpik sah, dass das Menschenkind seine Hilfe gebrauchen könnte, versuchte er sofort, den kleinen

Jungen aus seiner misslichen Lage zu befreien. Doch Wurpik war nicht stark genug.

Mittlerweile war es auch schon dunkler geworden und man konnte nicht mehr richtig sehen. Wurpik ließ sein samtiges Hinterteil leuchten, ließ sich auf die Wurzeln direkt über Michas Fuß nieder und versuchte es erneut. Nichts passierte, Wurpik hatte einfach nicht genug Kraft. Gerade als Wurpik seinen Freund zu Hilfe holen wollte, kam dieser aus heiterem Himmel angeflogen. Sikkim hatte sich gewundert wo sein Freund geblieben war und flog vorsichtshalber mal nachsehen. Auch sein Hinterteil leuchtete und so war der Unglücksplatz hell erleuchtet.

Natürlich versuchte auch Sikkim sofort zu helfen - und tatsächlich, gemeinsam schafften sie es. Der linke Schuh des Jungen war zwar in dem Wurzelgefecht hängengeblieben, aber immerhin konnten sie Michas Fuß befreien, wenn auch nicht ganz unversehrt. Auf Michas

Fuß klaffte eine große Wunde. So konnten sie den Jungen nicht weiterziehen lassen. Wenn er im Dunklen stolpern würde, könnte er Dreck in die Wunde bekommen und sein Fuß könnte sich entzünden.

Die *Harznoks* setzten sich auf die Knie des Jungen und fragten was passiert ist. Micha war in den Wald gegangen um Sauerampfer für einen Sauerampfer-Kuchen zu pflücken - seine Großmutter hatte morgen Geburtstag, und da sie nicht viel Geld hatten, wollte er ihr einen selbstgebackenen Kuchen schenken. Irgendwann kam er vom Weg ab und verirrte sich im Wald. Micha wollte wohl auf eine Fichte klettern, um von oben den Weg wieder zu finden und war auf die alten Wurzeln getreten. Diese gaben nach und er verfing sich im Geflecht unter der Erde. Er hatte schon eine ganze Weile auf dem weichen Moos neben dem Baum gesessen, doch irgendwann fing sein Fuß fürchterlich an zu schmerzen.

Nachdem Wurpik und Sikkim wussten was passiert war, holte Wurpik schnell ein bisschen von dem Galipot, dem eingetrockneten Harz der Fichten. Wenn man dieses zerreibt erhält man ein gutes Heilmittel. Vorsichtshalber gab er ihm auch ein paar Tropfen von dem Resina, welches er stets in einem kleinen goldenen Fläschchen bei sich trug. Nur für alle Fälle.

Kaum hatte Wurpik das *Galipot* auf die Wunde gegeben und einen Umschlag aus den Blättern des Xeromona-Baumes darübergelegt, konnte Micha aufstehen. Laufen konnte Micha allerdings nicht und so pfiff Sikkim einmal ganz laut und sofort kam Wanka, das Wildschwein angerannt. Da Wildschweine großartig darin sind, mit ihrer Schnauze im Boden zu wühlen, bat Sikkim Wanka den Boden um die Wurzeln von Michas Schuh zu durchwühlen. Wanka machte sich gleich an die Arbeit. Es machte ihr

Vergnügen, den Waldboden mit ihrer Nase zu lockern und insgeheim schwärmte sie ein bisschen für Sikkim. Da machte sie es natürlich noch viel lieber. Sie schnüffelte und wühlte und grub und scharrte – und tatsächlich konnte sie den Schuh des kleinen Jungen aus dem lehmigen Boden des Waldes befreien. Wurpik wollte den Schuh um Michas Hals hängen, damit dieser ihn mit nach Hause nehmen konnte.

Gerade in dem Moment als er ihn über den schmalen Hals des Menschenjungen hängen wollte, fiel aus dem Schuh etwas Glitzerndes. Micha fing es mit seinen Händen auf und wischte den Dreck von dem Gegenstand. In seinem Schuh hatte sich ein Amulett verfangen. Ein kleines, goldenes Amulett.

Als Wurpik und Sikkim sahen was da in den Händen von Micha lag, staunten sie nicht schlecht. Das alte Amulett von Plinius, dem ältesten aller *Harznoks*. Dieser hatte es vor langer langer Zeit bei einem Kampf mit einem der *Motimps* verloren und es war über die ganzen Jahre nicht mehr aufgetaucht. Micha legte es sofort um Wurpiks Hals; und weil der Menschenjunge ohne zu zögern das wertvolle Amulett zurückgegeben hatte, gab Wurpik dem kleinen Micha ein paar seiner Tränen. Nun muss man wissen, dass die Tränen der *Harznoks* sehr wertvoll sind. Die Freudentränen der *Harznoks* verwandeln sich nach vielen vielen Jahren in ein glitzerndes bergkristallähnliches Gestein, allerdings so wertvoll wie ein Diamant.

Micha steckte die sieben Steinchen in seine Tasche und stieg auf Wanka.

Wurpik und Sikkim verabschiedeten sich von Micha und versprachen sich bald wiederzusehen. Wanka trabte los Richtung Waldrand und brachte Micha wohlbehalten in den Garten in der Nähe des *Mittleren Rabentales*.

Von dort konnte Micha allein weiterhumpeln. Sofort lief der Junge so schnell er eben mit seinem verletzten

Fuß konnte, zu seiner Mutter und übergab ihr die wertvollen Steine. Wie groß war die Freude im Hause Schmeckebier – von nun an mussten sie nie wieder Hunger leiden.

Und Micha? Ja, Micha ging ab und zu in den Wald und besuchte seine neuen Freunde Wurpik und Sikkim und lernte alles über die Tiere im Wald. Natürlich lernte er irgendwann auch die anderen *Harznoks* kennen, auch Omorika und Sachalin, die immer wieder Scherze mit ihm machten. Und eines Tages besuchte er gemeinsam mit Wurpik und Sikkim den ältesten aller *Harznoks*, Plinius. Aber das ist eine ganz andere Geschichte.

Die Harznoks und die Tiere der alten und der neuen Welt

Vor vielen hundert Jahren, als die Tiere der alten Welt auf die Tiere der neuen Welt trafen, gab es für die *Harznoks* viel zu tun.

Es war für die kleinen putzigen Wesen gar nicht so einfach, die Tiere der alten Welt davon zu überzeugen, dass in den Wäldern und Tälern des Harzes Platz für alle Tiere ist. Über viele viele Jahre hatten die Tiere der alten Welt die schönen Wälder und die herrlichen Wiesen für sich allein und trieben dort ihr Unwesen, aber über die Jahre waren immer mehr Tiere aus der neuen Welt in die Wälder gekommen.

Die anmutigen Einhörner, die geflügelten Pferde, der Keufel und der Rasselbock, sie alle waren Tiere aus der alten Welt - natürlich gehörten zu ihnen auch die *Harznoks*, denn diese waren die ältesten Tiere und waren sogar noch älter als die Feen, Elfen und Zwerge im Harz. Da die *Harznoks* die ältesten und weisesten unter Ihnen waren, waren sie verantwortlich für das Gleichgewicht zwischen den Tieren der alten und der neuen Welt. Mehr noch, sie hielten das Gleichgewicht der ganzen Natur im Einklang!

Eines Tages wanderte ein junges Luchspaar in den Wäldern um das *Untere Rabental* umher.

Das Luchsweibchen sollte in ein paar Tagen Luchskinder gebären und so waren sie auf der Suche nach einer neuen Heimat. In der Nähe des Spiegelbaches schauten sie nach einer geeigneten Höhle für ihre neue Familie. Dort, wo das *Untere Rabental* und das *Mittleren Rabental* aufeinandertrifft waren sie fündig geworden. Vor ihnen lag unter einer hochgewachsenen Fichte ein verlassener alter Fuchsbau, der geräumig genug war für die Luchsfamilie.

Die Luchse machten es sich nach der langen beschwerlichen Reise gemütlich und bereiteten alles für die Geburt der Luchsbabies vor. Gerade als das Weibchen Lenna aus dem Bau schaute, wurde sie von einem Fichtenzapfen getroffen, Lenna zog schnell den Kopf ein. Noch dachte das Luchsweibchen an einen Zufall, doch als kurze Zeit später ihr Gefährte Laurat den Kopf aus der Höhle streckte, wurde er ebenfalls von einem Zapfen getroffen. Als Laurat dann weiter aus dem Bau herauskam, um zu sehen woher der Zapfen kam, rieselten lauter spitzige Tannennadeln in den Eingang der Höhle. Laurat musste mit seinen weichen, zarten Tatzen über die spitzigen, kratzigen und vollkommen vertrockneten Fichtennadeln laufen und hatte sich sofort eine der dornenähnlichen Spitzen in den Vorderfuß gerammt. Lenna bekam es schon mit der Angst zu tun, hier ging es doch nicht mit rechten Dingen zu. Wer wollte ihnen ihr neues Zuhause madig machen?

Lenna schlug Laurat vor, sich in der Höhle zu verstecken bis der Unhold die Lust verlor. Doch als die beiden Luchse sich schon fast sicher waren, dass der Störenfried aufgegeben hatte, bemerkten sie etwas Weiches, Klebriges an ihrem Eingang. Und nun wurde der Tyrann auch noch übermütig und lief vor dem Eingang hin und her und lachte aus voller Kehle. Ein kleiner Keufel hüpfte freudig vor der Höhle hin und her und schleuderte klebriges Harz in die Richtung der Luchse. Lenna und Laurat bekamen nun richtig Angst.

Plötzlich gab es einen schrillen Laut und von einer Sekunde auf die Andere verebbte der Aufprall des klebrigen Harzes. Wurpik und Sikkim, zwei *Harznoks*, hatten bei ihrem allabendlichen Rundflug das bunte Treiben zufällig aus der Ferne mitbekommen und hatten dem Treiben ein Ende gesetzt und den Keufel am Kragen gepackt. Felluk lief hochrot an vor lauter Scham, denn dieser musste sich bei Lenna und Laurat entschuldigen. Er sah nun wohl doch ein, dass sein Verhalten von keiner guten Erziehung herrührte und so blickte er schuldbewusst auf seine kleinen nackten, roten Füße. Natürlich musste er die Höhle von dem ganzen Harz und den pieksigen Nadeln befreien und gerade in dem Moment als er die letzten Fichtenzapfen aufheben wollte, kamen die Luchsbabies zur Welt.

Die kleinen fluffigen Luchsbabies hatten ihre Augen geschlossen und waren noch ganz unbeholfen. Felluk war von den neugeborenen Luchsbabies, es waren mittlerweile drei an der Zahl, ganz begeistert und es rollten ihm große Freudentränen über seine roten Wangen.

Wurpik und Sikkim schlugen den frischgebackenen Luchseltern vor, dass Felluk als Wiedergutmachung die Patenschaft der Babies übernehmen sollte. Als dann Lenna und Laurat auch noch meinten, dass sie einen der putzigen Babies Felluk nennen wollten, war er ganz gerührt. Lenna und Laurat wollten mit diesem Zeichen eine

Brücke zwischen den Tieren aus der alten und der neuen Welt bauen.

Von nun an kümmerte sich Felluk vorbildlich um sein kleines Luchsbaby und las ihm und seinen Geschwistern Lennes und Lark jeden Wunsch von den Augen ab.

Auch Wurpik und Sikkim schauten jeden Tag kurz vorbei und sahen bei der jungen Luchsfamilie nach dem Rechten.

Dies war nur ein kleiner gemeinsamer Schritt von den Tieren aus der alten und der neuen Welt. Für Wurpik und Sikkim gab es noch viel zu tun; aber das ist eine ganz andere Geschichte.

Das Jahrhundertwasser

Es war schrecklich. Einfach schrecklich. Wurpik und Sikkim konnten es kaum fassen. Die beiden *Harznoks* standen am oberen Rand des Ufers und schauten mit aufgerissenen Augen auf den sonst so friedlich fließenden Grumbach. Seit Tagen hatte es geregnet und alle

Flüsse und Bäche zwischen dem *Oberen Rabental* und dem *Kranichsberg* waren über ihre Ufer getreten. Auch die Flüsse und Bäche zwischen dem Ochsengrund und dem Gewitterplatz hatten sich zu reißenden Gewässern entwickelt. Das Wasser hatte alles mitgerissen. Das Ufer war weich und schlammig und bot wenig Halt. Viele der Biberdämme waren weggeschwemmt worden, kleinere Bäume samt ihrer Wurzeln aus dem Boden gerissen, sogar die wunderschönen Höhlen der Wassernymphen waren zerstört. Große Steine wurden durch das Wasser geschleudert und versperrten nun den Zugang zu Nestern und unterirdischen Gängen. Viele am Wasser lebende Tiere hatten von einer Sekunde auf die andere ihr Zuhause verloren. Für Wurpik und Sikkim gab es also viel zu tun.

Wie ihr ja wisst, sind Wurpik und Sikkim *Harznoks*, deren Aufgabe es ist, die Ordnung zwischen den Tieren im Wald herzustellen.

Da standen die zwei nun also am Ufer des Grumbaches und überlegten was sie nun tun sollten. Plötzlich sahen sie, wie ein Baumstamm mit großer Geschwindigkeit den Fluss herunter trieb. Als sie näher hinschauten, erkannten sie, dass die kleinen *Mausekinder* der Familie Murini sich auf dem Baumstamm befanden und in das Wasser zu fallen drohten. Der Größte und Stärkste der *Mausekinder* hielt sich mit beiden Pfoten an einem Ast fest, dahinter hingen seine Geschwister Muri, Minni und Mi.

Muri hing an dem Schwanz von Mari, Minni hielt sich an dem von Muri fest und Mi an dem kleinen, zarten Schwanz von Minni. Die *Mausekinder* wurden nur so durch die Luft gewirbelt und konnten sich kaum noch halten.

Sofort flogen Wurpik und Sikkim zu Mari, Muri, Minni und Mi und versuchten sie zu retten. Doch jedes mal wenn einer der beiden Mi an die Hand nehmen wollten, drehte sich der Baumstamm und die *Mausekinder* flogen in eine andere Richtung. Lange würden sie sich nicht mehr aneinander festhalten können. Im letzten Moment konnten sie Mi an ihrem kleinen Arm packen und wohlbehalten an das Ufer bringen. Sofort flogen sie wieder zu den anderen *Mausekindern*. Auch Minni konnten sie in letzter Sekunde am Schwanz erwischen und brachten auch sie zum Ufer. Doch der Baumstamm hatte nun so an Geschwindigkeit zugenommen, dass Wurpik und Sikkim Schwierigkeiten hatten ihm zu folgen. Doch Wurpik wäre nicht Wurpik, wenn ihm nicht etwas einfallen würde. Und so war es dann auch. Wurpik pfiff einmal ganz laut und sofort kam das Wildschwein Wanka angesaust. Wurpik flüsterte

Wanka etwas ins Ohr und so schnell sie nur konnte, brachte Wanka Wurpik zu seinem Freund Spiggy und bat ihn um Hilfe. Zusammen ritten sie blitzschnell auf Wankas Rücken zur Brücke. Dort machte sich Spiggy sofort an die Arbeit und webte ein riesengroßes Spinnennetz. Spiggy konnte sehr schnell weben, er gehörte zu den schnellsten und fleißigsten seiner Art.

Da sahen sie auch schon den Baumstamm mit den *Mausekindern* auf sie zu kommen. Nur noch zwei, drei Biegungen, dann würde der Baumstamm die Brücke erreichen. Spiggy machte so schnell er konnte. Nun hörten sie auch schon Muri laut schreien, sie kamen immer näher. Gerade in dem Moment als der Baumstamm unter der Brücke durchschwamm, war das Netz fertig. Natürlich war der Baumstamm viel zu groß für das Netz und mit der

Geschwindigkeit würde er das Netz sofort zerreißen, aber mit viel Glück würden sich Muri und Mari an dem Netz festhalten und so von dem Baumstamm befreien können.

Der Baumstamm steuerte direkt auf das Netz zu. Plötzlich wurde der Baumstamm von einem großen Stein abgebremst und blieb ruckartig stehen. Muri und Mari flogen durch in hohem Bogen durch die Luft. Muri hing immer noch an Maris Schwanz und so prallte erst Mari in das Netz und dann Muri. Die *Mausekinder* hatten großes Glück, denn der Baumstamm zerbrach nur einen Augenblick später und der Teil wo sich Mari festgehalten hatte, wurde unter Wasser gezogen.

Ganz außer Puste und völlig erschöpft hingen Mari und Muri nun in dem großen Spinnennetz. Wurpik und Sikkim flogen zu ihnen und befreiten sie aus den klebrigen Fäden.

Kurz erholten sie sich alle von dem Schrecken, dann stiegen Mari und Muri neben Wurpik und Sikkim auf Wankas Rücken und ab ging es zum oberen Teil des Grumbaches, dort wo Wurpik und Sikkim Minni und Mi am Ufer abgesetzt hatten. Unterwegs erzählten Muri und Mari wie sie in diese missliche Lage geraten konnten und warum sie überhaupt auf dem Baumstamm geklettert waren.

Eira und ein Hauch von Schnee

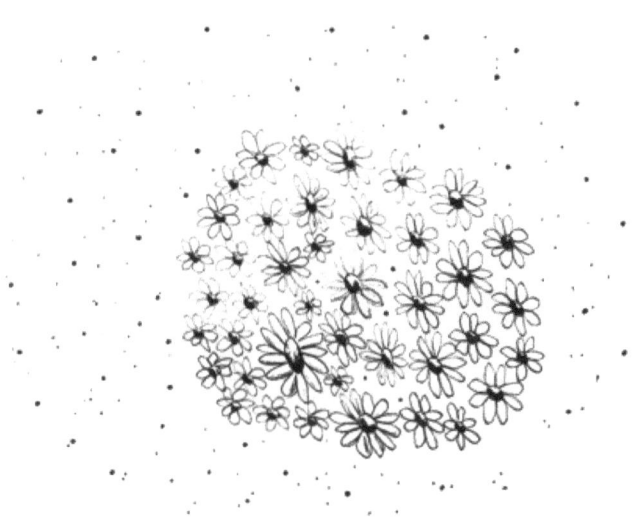

Noch nie hatte ich so ein anmutiges Wesen gesehen! Schneeweiß, etwa halb so groß wie ein Pferd; mit langer, seidenweicher, weißer Mähne, wunderschön und einfach bezaubernd -

so stand es vor mir. Ich konnte nicht aufhören dieses entzückende Wesen anzuschauen. Die Ohren elfenartig angelegt, die Beine feingliedrig, zart – fast schon gazellenhaft. Das Fell schimmerte leicht silbrig, genau wie Mähne und Schweif. Auf der Stirn hatte es ein in sich gedrehtes, sehr feines weißes Horn. Stolz stand es vor mir und seine tiefblauen großen Augen schienen direkt in meine Seele zu blicken. Eira war eins der schönsten Einhörner, die es wohl gab. Und sie erzählte mir ihre Geschichte, und dies mit einer unglaublich wohltuenden Stimme, fast war es, als würde sie die Wörter hauchen.

Im Winter fühlte sich das kleine weiße Einhorn am wohlsten - die wenigen Menschen die normalerweise Einhörner erblicken konnten, hatten nun Schwierigkeiten, sie in dem feinen weißen Puderschnee zu erkennen.

Es reicht ein Hauch von Schnee und schon sind sie kaum zu sehen. Nein, nicht alle Menschen nehmen diese wunderschönen und anmutigen Fabelwesen wahr! Meist sind es die Kinder, die eines zu Gesicht bekommen.

Eira hatte noch keine Bekanntschaft mit einem Menschenkind gemacht. Aber sie war ja auch noch klein, sie war in diesem Sommer erst drei Jahre alt geworden und das ist ja bekanntermaßen kein Alter für ein Einhorn! Eira wohnt mit ihrem Bruder Eivor und ihren Einhorn-Eltern in den tiefen Wäldern des Harzes und gehört eher zu einer kleinwüchsigen Art der Einhörner. Und als wenn Eiras Eltern gewusst hätten, dass sie Schnee über alles lieben würde, hatten sie ihrer Tochter am dritten Tage nach der Geburt diesen aus dem Norden stammenden Namen gegeben; und weißt du was der Name dort bedeutet?

Schnee! Welch' passender Name für ein Einhorn! Welch' passender Name für Eira!

Nun war also endlich Winter und ihr Zuhause war schneeweiß. In diesem Jahr hatte der Schnee lange auf sich warten lassen, doch jetzt war es soweit. Seit drei Tagen schneite es große, dicke Flocken vom Himmel und Eira ging hinaus, um das Wunderwerk der Natur zu bewundern. Nie hatte sie etwas Schöneres gesehen! Überall hingen die gewaltigen Arme der Tannen voll beladen mit schwerem, weißen Schnee und berührten den Boden. Märchenhaft wirkte der ganze Wald! Eira liebte diesen Anblick! Sie war wie verzaubert! Eira schüttelte sich vor lauter Freude. Aus ihrer langen weißen Mähne flog lauter bunter Einhornglitter und der Schnee um sie herum wurde bunt wie ein Regenbogen. Hier würden im Frühjahr dann lauter Gänseblümchen wachsen!

Und auch den zugefrorenen kleinen Bergsee in der Nähe des Wasserfalls liebte sie über alles! Er war nicht weit vom *Oberen Rabental* entfernt, und so stand Eira oft am Rand des Ufers, bestaunte die sagenhafte Landschaft und sang vor lauter Glück das Lied der Einhörner! In dem Lied ging es um Liebe, den Regenbogen und natürlich um Schnee. Eira kannte kein schöneres Lied! Sie konnte es den ganzen Tag singen! Und als Eira da so am Ufer stand und ihr Lieblingslied sang, hörte sie ein kaum hörbares Schluchzen. Erst war es ganz leise, doch je genauer Eira hinhörte, umso lauter und herzzerreißender wurde es. Sie neigte ihren weißen Kopf ganz vorsichtig nach links und streckte ihre kleine Nase in den Wind und versuchte ihre Umgebung auf eine mögliche Gefahr hin zu erkunden. Einhörner können nämlich riechen, wenn Gefahr in der Luft liegt! Aber Eira konnte beim besten Willen nichts erkennen. Also ging sie ganz vorsichtig in die Richtung, aus der sie das Schluchzen gehört hatte. Und plötzlich war dort ein kleines Menschenwesen! Zumindest hatte ihre Großmutter genau so die Menschenkinder in ihren Geschichten beschrieben! Es war ein kleines Mädchen mit langen blonden Locken, einer cremefarbenen, fellbesetzten runden Mütze auf dem Kopf und einem wunderschönen weißen, flauschigen Mantel mit großen Knöpfen aus Perlmutt. In der Hand hatte es einen kleinen weißen Strick. Da saß nun also dieses kleine Menschenkind und weinte bitterlich. Nicht enden wollende Tränentrauben rannten ihm über das Gesicht. Ein paar der Tropfen waren sofort in den langen Wimpern zu Eis gefroren und so sah es aus, als ob das Mädchen winzige Diamanten im Gesicht hatte. Sie saß mit ihrem weißen Mäntelchen auf dem kalten Boden und starrte fassungslos auf den langen weißen Strick, welchen sie in der Hand hielt und schluchzte unaufhörlich. Ganz langsam schritt Eira zu dem Menschenkind und als dieses Eira erblickte, schaute es das Einhorn ganz erschrocken mit seinen großen aufgerissenen Augen an. Scheinbar hatte es noch nie ein Einhorn gesehen! Das Mädchen war starr vor Schreck! Auch Eira fühlte sich nicht ganz wohl in ihrer Haut! Wusste sie doch nicht, ob das Mädchen sie sehen konnte oder nicht. Doch dann sprach das Mädchen plötzlich zu ihr! Ganz zart und fein war ihre Stimme, glasklar und wunderschön! Fast, als würde sie singen. Und Eira fasste sich ein Herz, ging ein paar Schritte auf das Mädchen zu, beugte ihren Kopf langsam hinunter und fragte das Mädchen, warum es denn weinen würde. Das Mädchen hieß Gwenda und war mit ihrer Hündin Yuki im Wald spazieren gegangen, um diesen wunderschönen Wintertag zu genießen. Als sie auf die Lichtung bei der großen Eiche kam, riss sich

Yuki plötzlich los und lief einem pummeligen weißen Hasen hinterher. Da Yuki ebenfalls ein weißes Fell hatte, verlor Gwenda den kleinen Ausreißer in der schneebedeckten Wiese schnell aus den Augen und nun saß sie traurig und völlig ratlos mit der hundelosen Leine im Schnee und weinte kummervoll. Gwenda hatte Yuki gerade erst heute zum Geburtstag bekommen und wusste nicht, was sie jetzt tun sollte. Sie hatte gerufen, sie war hinterhergelaufen, sie hatte gelockt, sie war regungslos im Schnee stehengeblieben - in der Hoffnung, Yuki würde zurückkommen – nichts! Yuki war einfach verschwunden! Und dann hatte sich Gwenda auch noch den Fuß verletzt, als sie über eine herausstehende Wurzel gestolpert war! Dabei blieb sie an einem Ast hängen und der riss ein kleines Loch in ihren neuen Mantel. Und ihren schönen weißen, mit Fell besetzten Schuh hatte sie auch verloren! So war sie mit ihrem verletzten Fuß, ohne Schuh und mit dem zerrissenen Mantel einfach an der Stelle hocken geblieben und wusste einfach nicht was sie machen sollte, so ganz allein und ohne ihren geliebten Hund. Sie konnte doch nicht einfach nach Hause gehen und den Hund allein im Wald zurücklassen. Eira hörte ihr aufmerksam zu, schnaubte ab und zu kleine, weiße Dampfwolken aus ihren Nüstern und wieherte zum Schluss der Erzählung mitleidig. „So, so", dachte Eira bei sich! „Gwenda" hieß das kleine Mädchen. Sie kannte den Namen nur zu gut! Ihre Cousine dritten Grades hieß Gwenda! Der Name kam ebenso wie der Name Eira aus dem walisischen und stand für „weiß und gut". Das konnte kein Zufall sein! Sofort fühlte sie sich dem Mädchen vertraut und wollte ihm helfen! Sie stupste Gwenda mit ihrem Kopf vorsichtig an und forderte sie auf aufzustehen. Gwenda hielt sich am Hals des Einhorns fest und kam langsam hoch.

Doch der Fuß schmerzte zu sehr und so ließ sich Gwenda einfach wieder in den Schnee fallen. Plumps! Doch Eira wollte so schnell nicht aufgeben und versuchte es erneut, sie beugte sich nach vorn, ging mit den Vorderbeinen in die Hocke und hob Gwenda vorsichtig mit dem Kopf auf ihren Rücken. Geschafft! Ein bisschen wackelig, aber Gwenda saß auf Eiras Rücken! Kaum war Gwenda oben, konnte sie die kleinen Pfotenabdrücke sehen. Die des Hasen und die des Hundes! Auch Eira hatte die Spuren im Schnee entdeckt! Nachdem sie sich ein bisschen von dem Schrecken erholt hatten, machten sie sich auf den Weg. Gemeinsam folgten sie den Fußstapfen der beiden Tiere. Sie führten zum Spiegeltaler-Teich und von dort aus Richtung Eselsberg. Scheinbar hatten die zwei einen langen Weg vor sich. Immer umgeben von verschneiten Tannen und riesigen Eichen. Und als sie gerade unter einer verschneiten

Tanne entlang ritten, fiel der ganze Schnee auf sie hernieder und sie waren ganz weiß. Sie schüttelten sich und klopften sich den kalten und nassen Schnee von den Schultern und den Beinen. Plötzlich flatterte ein kleines winziges Wesen vor ihnen her, es schien in der Luft zu stehen und leicht rückwärts zu fliegen, wie ein Kolibri. „Entschuldigung", murmelte es. Eira und Gwenda schauten sich ungläubig an und Gwenda rieb sich die Augen. Beide hatten ein solches Wesen noch nie gesehen! Es war etwa so groß wie eine Hand, hatte leicht schwarz-bläuliches Fell und auf dem Rücken hatte es kleine Flügelchen. Ein bisschen ähnelte es der Gestalt eines Fuchses, doch war es sehr viel kleiner. Elfenähnlich und schmetterlingshaft wirkte das kleine flauschige Wesen. Doch es schien freundlich zu sein. Wie eine Fledermaus flatterte das lustige Ding auf sie zu und setzte sich direkt auf den Kopf des Einhorns. Mit großen

Augen verfolgten Eira und Gwenda die flatterhaften Bewegungen des Tierchens. „Ich heiße Wurpik und bin ein *Harznok*!" sagte es freundlich. Als das kleine Wesen bemerkte, dass die beiden scheinbar nicht wussten, was ein *Harznok* ist, erklärte er es den beiden geduldig. Eira konnte gar nicht glauben, dass sie älter waren wie die Einhörner.

Und sie wunderte sich ein bisschen, dass sie noch kein *Harznok* auf den wunderschönen Blumenwiesen zwischen dem *Unteren* und dem *Oberen Rabental* zu Gesicht bekommen hatte. „Und ihr haust zwischen den Fichten und Bäumen?", fragte sie neugierig, fast schon ungläubig. „Oder aber im hohen Schnee, so wie jetzt", fügte Wurpik hinzu. „Allerdings heute werdet ihr keines der Weibchen sehen, denn heute treffen sie sich an der Luchsklippe, um den großen Tag der

Harznoks vorzubereiten", ergänzte Wurpik.

Fragend schauten ihn Eira und Gwenda an, doch Wurpik ließ sich nicht beirren und erzählte weiter. Er erklärte, dass die freundlichen kleinen Wesen in den Baumwurzeln der jahrhundertealten Bäume hausen und für das Gleichgewicht der Natur sorgen würden.

Ein Einhorn hatte Wurpik aber schon lange nicht mehr gesehen.

Eira fiel plötzlich ein, warum Gwenda auf ihrem Rücken saß und so erzählten die beiden von dem ausgerissenen Hund Yuki, der dem weißen Hasen gefolgt war und den sie nun suchen würden. Wurpik hörte aufmerksam zu, verzog leicht seine sonst freundliche Miene und sagte dann: „Einen kleinen weißen Hund zu finden, in diesen Schneemassen, das wird nicht einfach werden!" Doch Wurpik wäre ja nicht

Wurpik, wenn er nicht schon eine Idee im Hinterkopf hätte. Wurpik hatte im Übrigen vor vielen Jahren mit seinem Freund Sikkim auch einen kleinen Menschenjungen im Wald gefunden – Micha Schmeckebier – er war in ein Wurzelloch getreten und konnte nicht mehr heraus, auch er hatte seinen Schuh verloren. Glücklicherweise ging die Geschichte damals gut aus. Und sie hatten sogar das verlorengegangene Amulett des Ältesten der *Harznoks* gefunden, aber das ist eine andere Geschichte.

Auch diesmal kam Sikkim aus heiterem Himmel angeflogen, scheinbar spürte der treue Freund wenn der *Harznok* seine Hilfe brauchte. Sikkim setzte sich zu Wurpik auf den Rücken des Einhorns und so überlegten sie gemeinsam was sie tun konnten. Das war schon ein lustiger Anblick! Ein kleines weißes Einhorn. Auf seinem Rücken ein Mädchen in einem weißen

Mantel mit nur einem Schuh und zwei kleine *Harznoks*, die abwechselnd wie ein Kolibri um das Einhorn umherschwirrten oder auf seinem Rücken Platz nahmen.

Wurpik flog auf die höchste Tanne und schaute von dort aus, ob er den kleinen Ausreißer sehen konnte – nichts! Sein treuer Freund Sikkim drehte seine großen Ohren in alle Richtungen und lauschte den Geräuschen des Waldes – nichts! Das Einhorn Eira versuchte zu erspüren wo sich Yuki versteckt haben könnte – denn Einhörner hatten ein gutes Gespür und nahmen wahr, was niemand außer ihnen wahrnehmen konnte. Doch nichts! Und Gwenda? Gwenda schluchzte und rief ab und zu nach ihrem Hund – doch auch sie hatte keinen Erfolg! Bald würde es dunkel werden und bitterkalt!

Als die Freunde schon verzweifelt aufgeben wollten, hörten sie ein leises Wimmern. Nur ganz zart! Aber es war eindeutig! Sie suchten und lauschten und schauten! Sie horchten, blieben stehen und versuchten die Witterung aufzunehmen. Doch sie konnten den kleinen weißen Kerl einfach nicht entdecken! So sehr sie sich auch anstrengten.

Wo war er nur geblieben? Er konnte doch nicht vom Erdboden verschwunden sein! Und gerade als sie die Richtung wechseln wollten, sahen sie den weißen Hasen im Schnee hoppeln. Lustig sah er aus mit seinen viel zu langen Hasenohren. Schnell trabte Eira zu ihm und Wurpik und Sikkim kreisten ihn ein. Ein wenig erschrak der Hase schon, doch als er hörte, dass die Freunde auf der Suche nach Yuki waren, erhellte sich seine Miene ein wenig. Der Hase war völlig außer Atem und so konnten die Freunde nur schwer verstehen was geschehen war. Irgendwann einmal hatte der Hase wieder Luft und berichtete. Es stellte sich heraus, dass Yuki meinte, der Hase sei ebenso ein kleines weißes Hundchen und wollte ihm einfach folgen. Flöckchen war aufgeregt davongerannt, war er doch der Meinung der Hund wollte ihn fangen, doch irgendwann bemerkte er, dass dies nicht der Fall war und so blieb er einfach stehen und wartete auf den quirligen Hund. Yuki freute sich so sehr einen neuen Kameraden gefunden zu haben, dass sie schnell vergaß, dass sie ja eigentlich zu Gwenda gehörte und nachdem Flöckchen Yuki dann auch noch zu ihm nach Hause einlud, hoppelte sie einfach hinter ihm her. Sie spielten im Schnee, kullerten den Abhang hinunter und fingen die Schneeflocken mit ihren langen rosafarbenen Zungen auf. Die zwei hatten die Zeit völlig vergessen. Und irgendwann waren sie von der ganzen Herumtollerei müde geworden, das Fell nass und hungrig waren sie auch. Und so liefen die beiden neuen

Freunde zum Bau des Langohrs, und wollten es sich dort gemütlich machen. Als sie mit Tee und Kuchen fertig waren, wollte Yuki sofort wieder zu Gwenda, doch irgendwie hatte sie zu viel von dem leckeren Kuchen aus Löwenzahnblättern und getrockneten Fichtentrieben gegessen und so passte sie nicht mehr durch den Eingang! Flöckchen drückte, schob und zog sie an beiden Pfoten – doch es war nichts zu machen, sie bewegte sich kein Stück. Yuki hielt die Luft an, aber es ging nicht vor und nicht zurück. Flöckchen versuchte sie zu erschrecken, aber.... es ging nicht vor und nicht zurück. Sogar lustige Witze erzählte der Hase, in der Hoffnung, dass Yuki durch das Lachen und Kichern freikommen würde – doch... es ging weder vor noch zurück. Yuki und Flöckchen waren völlig verzweifelt.

Irgendwann hoppelte Flöckchen aus dem Hinterausgang und wollte Hilfe holen, der Hase kannte ja die hilfsbereiten *Harznoks* und machte sich auf den Weg ins *Untere Rabental*, denn dort waren sie häufig anzutreffen. Erst gestern hatte er dort Omorika, einen der lustigsten der *Harznoks* getroffen. Doch heute hatte er kein Glück, er war schon fast am Wasserfall und hatte noch keinen einzigen *Harznok* gesehen. Unterwegs war er auf das Wildschwein Wanka gestoßen, doch auch sie hatte heute noch keinen der lustigen Gestalten getroffen. Wanka kam gerade von ihrer Tante am Adlersberg und wollte nun zu ihrer Cousine am großen Stein in der Nähe des Eselsbergs und wollte ihr Waldmeisterkekse und Gänseblümchengrütze bringen.

Nachdem Flöckchen dem Wildschwein von dem feststeckenden Hund erzählt hatte, war diese sofort bereit, Flöckchen und Yuki zu helfen und so machten sie sich so schnell sie konnten auf den Weg zurück zum Hasenbau. Sie liefen durch den hohen Schnee und nur ab und zu schauten die Köpfe der beiden aus den Schneemassen heraus. Endlich waren sie am Bau des Hasen angekommen. Wanka lief zum Hintereingang und Flöckchen rannte zum vorderen Eingang. Ja und dort traf er auf Eira, Gwenda, Sikkim und Wurpik.

Das war schon ein lustiger Anblick! Ein kleines weißes Einhorn mit einer wunderschönen langen weißen Mähne, auf seinem Rücken ein Mädchen in einem weißen Mantel mit nur einem Schuh und zwei kleine *Harznoks*, die abwechselnd wie ein Kolibri um das Einhorn umherschwirrten oder auf dem Rücken des Einhorns Platz nahmen. So ein lustiges Gespann hatte der Hase noch nie gesehen! Und fast hatte er sie übersehen, denn schließlich war Eira kaum mit ihrem weißen Fell im Schnee zu erkennen. Und überhaupt hatte er hier schon lange kein Einhorn mehr gesehen. Nur ab und zu fand er ein bisschen regenbogenfarbenen Einhornglitter.

Nun standen sie alle um den traurig blickenden Yuki herum und redeten ihm gut zu. Wenigstens war Yuki mit seinem halben Hinterteil im Warmen, sonst wäre sie sicher schon längst erfroren! Sie überlegten und grübelten. Sie dachten nach und suchten nach einer Lösung. Dann stand das Einhorn plötzlich auf, trat ganz nah an Yuki heran, öffnete seine weichen rosafarbenen Lippen, streckte die Zunge heraus und schleckte Yuki einfach über den Kopf, dann über die Ohren und sogar über seine kleine feuchte Nase. Und da geschah es! Als Eira ihr über die Nase leckte, kitzelte das die empfindliche Nase von Yuki, sie musste niesen und schwupps schoss sie mit einem lauten „Hatschi" aus dem viel zu engen Eingang! Eira schüttelte sich vor lauter Freude und aus ihrer langen weißen Mähne kam lauter bunter Einhornglitter und der Schnee um sie herum wurde bunt wie ein Regenbogen. Und Yuki? Yuki konnte ihr Glück kaum fassen und lief sofort zu Gwenda, schleckte ihr über das Gesicht, wackelte unaufhörlich mit dem Schwanz und hopste glücklich und zufrieden von Gwenda zu Eira, von Eira zu Wanka und von Wanka zu Flöckchen. Was war das für eine Freude! Wurpik und Sikkim hatten sich vorsichtshalber wieder auf ihre mit Schnee bedeckte Tanne begeben und betrachteten das Schauspiel von oben, auch ihnen liefen Tränen der Freude über die Wangen.

Als sich die Aufregung wieder etwas gelegt hatte, kamen sie herunter und schlossen sich den Freunden an. Sie wollten Gwenda und Yuki nach Hause begleiten. So gingen sie alle gemeinsam am Ufer des

Spiegelbaches entlang. Das war schon ein lustiger Anblick! Ein kleines weißes Einhorn mit einer wunderschönen langen weißen Mähne, auf seinem Rücken ein Mädchen in einem weißen Mantel mit nur einem Schuh und zwei kleine *Harznoks*, die abwechselnd wie ein Kolibri um das Einhorn umherschwirrten oder auf dem Rücken des Einhorns Platz nahmen. Ein kleiner weißer Hase mit seinen viel zu großen Schlappohren und einem kleinen, mindestens genauso weißen Hund, der aufgeregt mit seinem Schwanz hin- und her wedelte, dass man meinte, er würde gleich davonfliegen und dahinter das braungestreifte Wildschwein Wanka, welches die Nase hoch in die Luft hielt, damit sie nicht den ganzen Schnee in den Mund bekam.

Eira summte das Lied der Einhörner und irgendwann stimmten die anderen mit ein. Sie waren im ganzen Wald zu hören - ein märchenhaft schöner Klang von Eira, Gwenda mit ihrer glasklaren und hohen Stimme, untermalt von einem zweistimmigen Brummton der *Harznoks*. Dazu ein fröhliches Bellen von Yuki und Pfeif- und Klopfgeräusche von Flöckchen! Und Wanka? Na, Wanka gab lustige Grunztöne von sich! Wie ein kleines Ferkelchen, nur eben in wild! Sie gingen und sangen, sie trabten und tanzten. Und ab und zu schüttelte Eira ihre lange weiße Mähne und in dem tiefen Schnee erschienen lauter Einhorn-Glitzerpunkte. Auch hier würden im nächsten Jahr dann ganz besonders viele Gänseblümchen wachsen! Vielleicht findest du ja welche? Voller Freude kamen die Gefährten an die hölzernen Brücke, vor dem im Wald gelegenen Gasthauses. Dort trafen sie auf Eivor, den Bruder von Eira. Dieser hatte seine Schwester schon überall im Wald gesucht, denn es sollte gleich die Sonne untergehen und Eira durfte nicht allein im Dunkeln im Wald spazieren, denn sie war ja erst drei Jahre alt!

Erst hatte Eivor die lustigen Freunde nicht gesehen, schließlich liefen sie durch den hohen Schnee am Graben entlang und das weiße Einhorn mit dem Mädchen auf dem Rücken, in dem weißen Mantel waren genauso wenig zu erkennen, wie der kleine weiße Hund oder der weiße Hase mit den viel zu lang geratenen Ohren. Doch als sich Eira vor Freude schüttelte, sah er aus der Ferne den bunten Einhornglitter und lief sofort los, um zu seiner Schwester zu gelangen. Wie erstaunt war Eivor, als er die sieben Freunde so fröhlich singend durch den Wald traben sah. Lauthals und völlig durcheinander erzählten sie Eivor von ihrem Abenteuer. Da musste auch er lachen. Und alle lachten mit! Die beiden Einhörner schüttelten ihre langen weißen Mähnen und daraus kam lauter regenbogenfarbener Einhornglitter. Und weißt du was passiert, wenn sich zwei Einhörner an der gleichen Stelle vor lauter Freude die Mähne schütteln? Dort wachsen im nächsten Jahr lauter vierblättrige Kleeblätter! Ist das nicht schön? Vielleicht findest du ja eines!

Und gerade als die Sonne untergehen wollte, und der noch müde leuchtende Mond am Himmel langsam aufging, da betrat Eira gerade noch rechtzeitig ihren mit Stroh gefüllten Schlafplatz! Und Gwenda? Gwenda lag schon lange in ihrem gemütlichen Bettchen, in ihrem Arm den wiedergefundenen Hund Yuki – und beide träumten von wunderschönen Einhörnern und einem Hauch von Schnee!

Aufregung im Kirchturm

Mitten im Winter, im tiefen tiefen Schnee, saß die Schleiereule Elfriede auf einem Ast auf einer Fichte und krächzte bitterlich! So unglücklich sah man die kleine Eule selten, normalerweise war sie ein freundliches, stets gut gelauntes Wesen und ihre schönen Lieder hörte man vom Rabental bis zum Gewitterplatz. Doch heute war sie unendlich traurig. Ihr schönes goldbraunes Brustfederkleid war schon ganz nass geweint und durch ihr herzförmiges Gesicht kullerten große Tränen. Elfriede wohnte in der Kirchturmspitze unterhalb des Glockenturmes. Dort waren vor Jahren bei einem heftigen Sturm ein paar Dachziegel vom Dach des Kirchturmes gefallen, somit konnte Elfriede durch die kleine Öffnung schlüpfen und ihr Nest im Inneren bauen. Dort oben in der Kirchturmspitze wohnt auch Familie Murini, eine kleine *Mausefamilie* mit ihren 7 kleinen *Mausekindern* und weiter oben ein paar Fledermäuse. Jeder hatte seinen Platz und so war das Zusammenleben gut geregelt und es war sehr harmonisch im Kirchturm. Doch heute Morgen, der Nebel stand noch auf den Wiesen vor der Kirche, zog ein weiterer Mitbewohner ein. Ein kleines Wiesel. Wiesel Wum war ein freches flinkes Wieselmännchen und immer auf der Suche nach etwas zu fressen. Wum war ein wahrer Vielfraß. Das war ja für ein Wiesel nichts Ungewöhnliches. Doch Wum war ein faules Wiesel, er machte sich nicht selbst auf die Suche nach etwas Essbarem, er bediente sich einfach an den Vorräten der Familie Murini und stibitzte die Vorräte der Schleiereule Elfriede! Elfriede hatte monatelang Nüsse, Samen und Bucheckern für das Weihnachtsfest gesammelt. In diesem Jahr wollten alle Bewohner des Kirchturmes zusammen das Weihnachtsfest feiern und Elfriede hatte für Familie Murini und die Fledermäuse Ferdi, Flatta und Fred ein Festmahl auftischen wollen. Aber das war noch nicht alles. Die *Mausekinder* Mari, Muri, Minni und Mi waren heute Morgen aus ihrem weichen warmen Nest gekrabbelt und wollten ein kleines

Stückchen von dem leckeren Käse, welches die *Mausemama* gestern aus der Vorratskammer des Pastors mitgenommen hatte naschen und da sprang Wiesel Wum aus der dunklen Ecke und erschreckte Mari, Muri, Minni und Mi fast zu Tode. Die *Mausekinder* zitterten seitdem am ganzen Körper und hatten große Angst. Gut, dass die kleinsten der *Mausefamilie* nicht dabei waren. Mo, Mucki und Musculus wären vor Schreck bestimmt in Schockstarre gefallen. Und zu allem Überfluss zeterte Wum die ganze Zeit lauthals, er wolle alle vertreiben, das sei nun sein Zuhause.

Elfriede war schrecklich unglücklich und wusste nicht was sie tun sollte. In drei Tagen war Weihnachten und Wum hatte alle Vorräte aufgegessen und was wäre, wenn das böse Wiesel Wum sie tatsächlich aus dem Kirchturm vertreiben würde? Nun saß sie also auf der grünen Fichte und weinte herzzerreißend. Glücklicherweise kamen Wurpik und Sikkim gerade vorbei geflogen und hörten das Gejammer. Die beiden setzten sich neben die Schleiereule und fragten sie was los sei. Wurpik und Sikkim waren zum Dienst eingeteilt und saßen oben auf der Fichte und beobachteten die weißen Wiesen voller Schnee und die Bäume, die sich unter der schweren Schneelast schon fast zu biegen schienen. Wurpik hörte das Wimmern der Eule und gemeinsam flogen sie hinunter um nachzuschauen.

Ganz traurig saß da die kleine Eule in sich zusammen gekauert und weinte bitterlich. Elfriede erzählte den beiden warum sie so unglücklich war.

Natürlich waren Wurpik und Sikkim ganz geschockt und wollten ihr sofort helfen. So flogen die drei gemeinsam zum Kirchturm und staunten nicht schlecht, als sie schon meterweit vor dem Kirchturm einen schrecklich beißenden Geruch wahrnahmen; Wum hatte ein lybisches Streifenwiesel zum Vater und diese können, wie die Stinktiere, stinkende Flüssigkeiten ausstoßen. Als sie näher kamen, wurde der Gestank so schlimm, dass die Flügel von Sikkim sogar anfingen purpurrot zu leuchten und das taten sie normalerweise nur, wenn Gefahr in der Nähe war. Die drei hielten sich tapfer die Nase zu und flogen schnurstracks zum Glockenturm. Dort trafen sie auch Wiesel Wum.

Als Wum die zwei *Harznoks* sah, wusste er was jetzt geschehen würde. Er kannte die Erzählungen um die weisen Wesen und eigentlich wusste er ja auch, dass er nicht besonders nett zu den Mäusen und der Eule gewesen war. Wurpik und Sikkim führten ein sehr sehr langes Gespräch mit dem frechen Wiesel und am Ende musste Wum seine sieben Sachen packen und den Kirchturm verlassen. Wum sollte von nun an in der Nähe des Grumbaches in einem alten Fuchsbau leben, dort hatten bis vor kurzem eine Luchsfamilie gewohnt. Diese haben aber, nachdem ihr Nachwuchs groß genug geworden war und die Höhle langsam zu klein wurde, ihr Quartier am *Oberen Rabental* bezogen. Als Familie Murini mit ihren Kindern wieder in den Kirchturm einziehen wollte, bemerkten sie, dass sie hier keinesfalls wohnen konnten. Der Geruch des Wiesels war immer noch so schrecklich beißend, dass sie es nicht eine Minute dort aushalten konnten. Auch Elfriede hielt immer noch ihre Nase zu und bekam kaum Luft. Die *Mausekinder* fingen an zu weinen. Nur noch drei Tage bis Weihnachten und sie hatten kein richtiges zu Hause und nichts zu essen. Als Wurpik und Sikkim das sahen, fassten sie sich ein Herz und luden die *Mausefamilie* und Elfriede zu sich nach Hause ein. Da klatschten Mari, Muri, Minni und Mi begeistert in die Hände. Mo, Mucki und Musculus waren vor lauter Aufregung und vielleicht auch von dem üblen Gestank eingeschlafen. So kam es, dass Familie Murini samt Elfriede über die Weihnachtsfeiertage zu den *Harznoks* übersiedelten und dort doch noch ein wunderschönes Fest feierten. Und die *Harznoks* sind bekannt für ihre prunkvollen Feste mit üppigem Essen, wunderschöner Musik und ihren tollen Geschichten.

Und die Fledermäuse? Die haben das ganze Geschehen einfach kopfüber hängend verschlafen und wunderten sich, als sie in der Dämmerung aufwachten und bemerkten, dass sie ganz alleine in dem Kirchturm waren.

Weiße Weihnacht

Was gibt es Schöneres als zur Weihnachtszeit im Schnee zu spielen? Sich im Schnee zu wälzen und mit den Armen Schnee-Engel zu fächern? Oder einfach eine lustige Schneeballschlacht mit den Freunden zu machen? Seit Ende November freuten sich Samu und Maxim auf die weißen Kristalle, die langsam vom Himmel fallen und die sonst grüne Landschaft in eine weiße Märchenlandschaft verwandeln. Die

Äste der Tannen würden schwer behangen bis zum Boden reichen und alles würde aussehen, wie in einer Erzählung der Gebrüder Grimm. Ach, wie freuten sie sich darauf! Wie alle Kinder! Wie jedes Jahr!

Auch Ihre Schwestern Frieda und Sofie konnten es kaum erwarten. Jeden Morgen schauten sie erwartungsvoll aus dem Fenster. Doch in diesem Jahr war alles anders. Es wollte und wollte einfach nicht schneien. Nicht eine schneegefüllte Wolke stand am Himmel. Kein schneebringender Wind, der die weiße Pracht ins Land weht. Keine Aussicht auf weiße Weihnachten.

Heiligabend kam immer näher. Weihnachten ohne Schnee? Das wäre ja eine Katastrophe! Würden sie denn in diesem Jahr nicht mit ihren hölzernen Schlitten fahren können? Oder ein Iglu bauen? Eine Schneeballschlacht machen? Oder gar mit „Ameisen-Kribbelhänden" ins Warme kommen, nachdem sie stundenlang im Schnee getobt hatten?

Und wie sollte der Weihnachtsmann mit seinem Schlitten fahren? Nein, das war eine schreckliche Vorstellung. Tränen liefen der kleinen Sofie über das Gesicht. Da wurde auch Frieda ganz traurig.

Samu und Maxim gingen trotzdem hinaus, sie hatten ja Ferien und wollten diese in vollen Zügen genießen. Sie liefen an ihren Lieblingsplatz im *Unteren Rabental*. Dort gab es einen kleinen Waldsee. Normalerweise war er um diese Zeit schon längst zugefroren, doch dieses Jahr fehlte die dicke Eisschicht, die die Kinder schon so oft getragen hatte. Sie setzten sich ans Ufer und Maxim stocherte gedankenversunken mit einem langen Ast am Ufer herum und schmiedeten Pläne. Eine ganze Weile saßen sie dort und als es langsam dunkel werden wollte, zog Maxim seinen Ast aus dem kühlen Nass.

Eigentlich wollte er ihn voller Schwung in den See werfen, doch Samu hielt den knorrigen Ast plötzlich fest. „Schau mal, was da hängt", rief Samu Maxim erstaunt zu. Und tatsächlich, an dem Ast hing etwas.

Maxim untersuchte den schlammigen Ast und erkannte einen kleinen Ring. Maxim polierte das Schmuckstück mit seinem wolligen Schal, zuckte mit den Schultern und wollte ihn gerade wieder ins Wasser werfen. „Halt, nicht", rief jemand von oben. „Nicht ins Wasser werfen!", ergänzte eine feine grillenhafte Stimme. Maxim hielt den Ring in der Hand und suchte das Ufer ab, konnte jedoch niemanden erkennen. Er schaute in den Himmel, doch auch dort konnte er nichts entdecken. „Ein *Harznok*, ich fasse es nicht", rief Samu erfreut.

Und tatsächlich, ein kleines feenartiges Wesen kam aufgeregt auf sie zugeflattert.

Samu war begeistert – so ein schönes Exemplar hatte er noch nie gesehen. Am meisten gefielen ihm die blau-schimmernden Flügel und der weiche Flaum am Körper.

Wurpik berichtete, dass er auf der Suche nach genau diesem Ring sei. Er hatte ihn im Flug verloren, als er einmal ganz heftig niesen musste, und dann hatte er den Ring aus den Augen verloren. Da der Ring für die Hochzeit seines besten Freundes bestimmt war, musste er ihn natürlich unbedingt wiederfinden. „Der Ring besitzt magische Kräfte", ergänzte Wurpik. „Wer einen solchen Ring besitzt, dem ist die große Liebe sicher", schwärmte er weiter. „Nur die *Harznoks* besitzen solche Ringe und sie sind ganz besonders wertvoll", fügte Wurpik hinzu. „Sie werden im Morgentau im hochziehenden Nebel von den alten *Wissenden Greisen* hergestellt und nur am dritten Tag nach dem ersten Vollmond im Juli", erklärte er voller Stolz. Und er ergänzte noch stolzer: „Und das an einer ganz besonderen Stelle! Am *Glückauf*, einem ganz wundervollen Waldstück, kurz vor der kleinen idyllischen Harzer Bergstadt".

Er fügte dann noch an, dass jeder Ring ein klein bisschen Katzengold enthält. Die Menschen meinen zwar, dass das nicht besonders wertvoll sei, aber zum Glück wissen die Menschen ja nicht alles.

Der wahre Wert ist nicht in Geld aufzuwiegen, sondern in den besonderen Fähigkeiten. Wurpik war ganz im Glück! „Und", sagte Wurpik zwinkernd, „Katzengold hilft gegen Hexenschuss und das ist im Harz ja besonders häufig anzutreffen, bei den vielen Hexen, die hier herumschwirren!"

Froh, den Ring doch noch rechtzeitig gefunden zu haben, bot er Samu und Maxim einen „Wunscherfüller" an. Wann immer sie wollten, könnten sie ihn einsetzen. „Doch wählt euren Wunsch mit Bedacht, man kann den Wunscherfüller nur einmal einsetzen", hörte man den kleinen *Harznok* noch sagen.

Samu und Maxim schauten sich an und wie aus einem Munde sagten sie: „ Wir möchten, dass es Heiligabend schneit". Wurpik fragte noch einmal nach „Ihr wollt, dass es schneit?" Begeistert bejahten dies die beiden gleichzeitig. „Dann werft den Wunscherfüller soweit ihr nur könnt in den Himmel, schließt die Augen und denkt an weiße Weihnacht".

Maxim nahm erwartungsvoll den Wunscherfüller, holte aus, schaute noch einmal zu Samu, dieser nickte ihm zu. Beide schlossen die Augen und dann warf er so hoch er nur konnte.

Da flog der Wunscherfüller in den Himmel hinauf. Er flog immer höher und höher. Irgendwann war er nicht mehr zu sehen.

Als sich die beiden Jungs umdrehten, war der kleine *Harznok* bereits verschwunden. Sie zuckten mit den Schultern, drehten sich ebenfalls um und machten sich auf den Weg nach Hause.

Endlich war es soweit, Heiligabend stand vor der Tür. Frieda und Sofie jammerten noch immer über den fehlenden Schnee. Und Samu und Maxim? Die schmunzelten nur. Noch war ja nicht Heiligabend.

Und dann war es endlich soweit. Heiligabend! Samu und Maxim hatten kein Auge zugemacht! Machte der Harznok sein Versprechen wahr? Endlich ging die Sonne auf.

Und mit ihr kamen die ersten Schneeflocken! Noch ganz zart und kaum zu sehen, tanzten sie vom Himmel. Mit jedem Moment wurden sie stärker und dichter.

Und endlich schneite es! Ach was war das für eine Freude! Samu und Maxim schrien durchs ganze Haus! So laut, dass auch Frieda und Sofie wach wurden!

Gemeinsam liefen sie aus dem Haus und quietschten vor Übermut. Endlich! Schnee! Und gerade noch rechtzeitig! Sie warfen den Schnee in die Luft, sie formten ihn zu Schneebällen und sie machten Schneeengel im Schnee. Wurpik hatte sein Versprechen gehalten. Das waren die schönsten Weihnachten! Weiße Weihnachten!

Zu Gast bei den Harznoks

Da standen sie nun also vor dem riesigen Steinfelsen und schauten auf die wunderschönen, hochgewachsenen Fichten mit den übergroßen schuppigen Tannenzapfen. Mari, Muri, Minni und Mi konnten ihr Glück kaum fassen, Wurpik und Sikkim, die freundlichen *Harznoks*, hatten sie tatsächlich eingeladen, das Weihnachtsfest mit ihnen zu feiern. Sie kannten die Geschichten um die prunkvollen Feste mit üppigem Essen, wunderschöner Musik und den glanzvollen Feuerwerken am Abend. Wurpik legte seine kleine haarige Hand auf die Vertiefung in der Felsenmitte, spreizte die Finger, drehte den dort befindlichen Steinkreis nach rechts und drückte dann mit der Handfläche den Stein ins Innere des Felsen. Der Felsen bewegte sich und es öffnete sich ein großes Tor. Die Augen der kleinen *Mausekinder* wurden immer größer und größer. Das war also das sagenumwobene Zuhause der *Harznoks*. Hier wohnten die jahrhundertealten fuchsähnlichen Gestalten.

Wurpik und Sikkim hatten die *Mausefamilie* von dem gefräßigen Wiesel Wum befreit der ihre ganzen Weihnachtsvorräte gefressen hatte.

Und da das freche Wiesel Wum väterlicherseits von einem Stinktier abstammte, stank es bei ihnen zu Hause im Kirchturm noch immer so schrecklich nach verfaulten Eiern, dass die *Harznoks* kurzerhand beschlossen hatten, Familie Murini samt Mitbewohnerin Elfriede über die Weihnachtsfeiertage zu sich einzuladen. Das riesige Tor öffnete sich einen Spalt und man konnte in das Innere der Höhle blicken. So etwas Wunderschönes hatten sie noch nie gesehen!

Es war mehr als eine Höhle! Hinter dem Felsentor verbarg sich eine riesige Halle. An den Wänden lauter Silber- und Quarzadern und von der Decke ragten riesengroße elfenbeinfarbene Tropfsteine. Diese waren über hunderte von Jahren von der Decke getropft und bildeten in der Mitte des Raumes ein kleines Labyrinth. Dort lebte der älteste der *Harznoks*.

Voller Ehrfurcht traten Mari, Muri, Minni und Mi ein. Auch Elfriede und Mama und Papa Murini staunten nicht schlecht. Mo, Mucki und Musculus, die kleinsten der Familie Murini, verschliefen mal wieder alles.

Sofort vernahmen sie den lustigen Singsang der kleinen putzigen Geschöpfe, der dem Zwitschern der Vögel im Wald ähnelt, aber viel zarter und weicher in den Ohren der Hörenden ankommt. An der linken Seite des Raumes erblickten sie einen kleinen Wasserfall, dieser speiste einen der vielen Harzer Bäche und Flüsse mit dem so klaren und naturreinen Gebirgswasser. Der Sage nach wurden die *Harznoks* so alt, weil sie jeden Tag aus dieser Quelle trinken. Naja, ein paar Tropfen „Resina", dem Saft der uralten Bäume vor der Höhle, sei wohl auch in dem Trunk. Vor dem Labyrinth war ein riesiges Buffet aufgebaut, hier gab es alles was das Herz begehrt.

Fichtennadel-Salat, Tannenzapfen-Küchlein, eingelegte Baumrinden mit frischen Eicheln, Pilz-Ragout mit Wurzelgemüse, getrocknete Wiesenblumen mit Waldhonig und natürlich selbstgemachtes Veilcheneis mit frisch gerösteten Bucheckern. Herrlich! Ein wunderbarer Duft durchzog den Raum, als dann das Harznoks-Weibchen Fasine den Blaubeerpudding mit Lupinencrunch zum üppig gedeckten Buffet brachte. Wurpik lief das Wasser im Mund zusammen, er liebte Lupinencrunch. Und er liebte Fasine. Er blinzelte ihr freundlich zu und sie lächelte ihn liebevoll an. Sofort färbten sich die fein schimmernden zartgliedrigen Flügel in ein weiches Kaminrot, ein Zeichen der absoluten Zufriedenheit.

An einigen Stellen hatten die *Harznoks* Lagerfeuer aus Fichtenzweigen entfacht. Wohlige Wärme machte sich breit, fast wie an Ostern, wenn im ganzen Land die Osterfeuer brannten und man damit die bösen Geister vertrieb und gleichzeitig den Frühling begrüßte. Einige der *Harznoks* hatten dementsprechend auch ein von Ruß geschwärztes Gesicht und sahen noch putziger aus als sonst.

Wurpik ging mit seinen Gästen ein paar Schritte weiter nach vorn, wurde dann aber sogleich aufgehalten von Krenobald, dem Bruder von Fasine. Etwas Schreckliches sei passiert. Der uralte Ring des Ältesten war schon wieder aus der Quarzschatulle gefallen und in ein kleines Erdloch am Rande des Labyrinths gekullert. Nun sind die *Harznoks* ja nicht besonders groß, aber niemand der Anwesenden klein genug um den wertvollen Ring aus den Tiefen des Erdloches zu befreien. Und gleich sollte das große Weihnachtskonzert beginnen. Cayamai, einer der Ältersten der *Harznoks* war außer sich!

Schließlich spielte er die harztypische Fichtenflöte mit genau diesem Ring. Noch nie hatte es ein Weihnachtsfest ohne die Klänge der harztypischen Fichtenflöte gegeben. Doch wie sie es auch anstellten, der Ring schien für immer verloren! Zuerst machten sich Krenobald, Wurpik und Zurpik ans Werk, dann versuchte Fasine ihre kleine Hand in das Erdinnere zu bekommen. Sogar Cayamai versuchte es mit seinen alten knochigen Fingern, doch niemandem gelang es weit genug hinein zukommen. Es war aber auch wie verhext, immer gab es Ärger um diesen Ring.

Viel Zeit blieb nicht mehr, gleich sollte das Fest beginnen! Alle *Harznoks* hatten sich bereits aufgestellt. Sie warteten nur auf den feinen Ton der Flöte. Ganz still war es in der Höhle. Alle schauten auf Cayamai. In dieser Stille fing plötzlich Musculus an zu wimmern, er war gerade erwacht und hatte von dem betörenden Duft der Köstlichkeiten Hunger bekommen. Da hatte Wurpik die zündende Idee! Schnell schnappte er Musculus, stellte ihn direkt vor das Erdloch und wies das kleinste *Mausekind* der Familie Murini an, den verlorengegangenen Ring aus der Tiefe zu holen! Noch ganz verschlafen blickte Musculus zu Mari, Muri, Minni und Mi. Als diese ihm dann die größte Portion vom frischen Veilcheneis versprachen, langte der kleine Mauserich unerschrocken mit seinen feingliedrigen Mausehänden in das lehmige Loch. Er drehte seinen winzigen Arm ein bisschen nach links, dann ein wenig nach rechts und plötzlich hellte sich seine Miene auf. Er zog seinen Arm heraus und zum Vorschein kam der begehrte Ring! Voller Lehm und Dreck war der sonst glitzernde Ring. Doch alle waren glücklich und natürlich unheimlich stolz auf Musculus! Schnell wuschen sie den

Ring mit dem klaren Quellwasser sauber. Dann gingen sie zu Cayamai und steckten ihm den Ring würdevoll an den Finger. Welch' Erleichterung war nun zu spüren. Der Älteste nickte dem kleinen Musculus dankbar zu, nahm seine kleine Flöte in die Hand und blies vorsichtig hinein. Kaum hatte sein Atem das Innere der Flöte erreicht, durchzogen zauberhafte Klänge den Raum. Es hatte den Anschein als würde die Zeit stehen bleiben.

Cayamai ließ den Ring über die Flöte gleiten. Für einen kurzen Moment waren alle Sorgen vergessen und man tauchte ein in eine zauberhafte Flötenmelodie. Die flackernden Flammen des Feuers schienen als Schatten im ganzen Raum zu tanzen.

Die Anwesenden waren von tiefsten Herzen glücklich und zufrieden.

Der letzte Ton war noch nicht verhallt, es herrschte noch Stille vor lauter

Staunen, da hörte man das zufriedene Schmatzen des kleinen Musculus. Dieser hatte sich schon während des Flötenspiels seine Extraportion Veilcheneis mit gerösteten Bucheckern stibitzt und saß nun mampfend vor dem Buffet. Alle lachten, als sie das sahen. Er hatte es sich verdient. Nun machten auch sie sich auf den Weg zum köstlichen Buffet und bewunderten die angebotenen Speisen. Und sie trafen noch ein paar weitere Bekannte aus dem Wald. Da war zum Beispiel Wanka das Wildschwein, die Luchse Lenna und Laurat, die Spinne Spiggy und sogar Micha das Menschenkind. Was für ein schönes Fest! Und so ging es nun drei Tage lang! Denn bei den *Harznoks* wurden Feste nicht nur an einem Tag gefeiert, sondern gleich an drei hintereinander. Die Tage waren gefüllt mit wunderschöner Musik, einem prachtvollem Feuerwerk am Abend und herrlichen Geschichten der *Harznoks*. Zu Erzählen gab es ja genug über die herzigen Bewohner des Waldes! Und so wurde noch weiter geschlemmt, gesungen und den spannenden Geschichten gelauscht.

Noch nie in ihrem ganzen Leben hatten Mari, Muri, Minni und Mi so ein schönes Weihnachtsfest gefeiert und auch Mo, Mucki und Musculus fühlten sich bei den *Harznoks* sehr, sehr wohl.

Pustel-Zwerg-Wildschwein Wanka

An einem knackig kalten Wintertag, lief Wanka, umgeben von wunderschönen grünen Tannen mit weißen Spitzen und jeder Menge Schnee, zu ihren Freunden Willy, Wesna und Wendolyn. Auch sie waren junge Wildschweine und wohnten auf der andern Seite der Lichtung. Willy, Wesna und Wendolyn waren Geschwister und Wanka war immer ein bisschen neidisch, denn sie hatte keinen großen Bruder oder gleichaltrige Schwestern. Außerdem gehörten Willy, Wesna und Wendolyn zur Familie der Bartschweine, sie würden also später mit Stolz einen wunderschönen Bart im Gesicht tragen. Wanka hingegen stammte väterlicherseits von einem Pustelschwein und mütterlicherseits von einem Zwergwildschwein ab. Somit würde sie ausgewachsen nicht nur sehr klein bleiben, sondern im Gesicht ein paar hässliche Warzen tragen, wie schrecklich! Aber noch waren alle kleine süße „Frischlinge" mit einem karamellbraunen und sehr weichen Fell. Nur auf dem Rücken trugen sie jeweils drei bis vier goldgelbe Streifen und niemand konnte die vier Freunde auseinanderhalten.

Nun lief also Wanka hinüber zu ihren Freunden und tapste fröhlich mit ihren schmalen Füßlein durch den hohen Schnee. Wie alle Wildschweine benutzte sie immer die gleichen Pfade, also trabte Wanka schnellen Schrittes auf ihrem gestrig benutzten Weg. Nachdem sie ein paar mal im tiefen Neuschnee eingesackt war, kam sie klatschnass und weiß wie der Bart vom Weihnachtsmann bei ihren Freunden an. Es war kurz vor Weihnachten und sie wollten zusammen ein paar Wurzeln, Eicheln und Bucheckern für das Weihnachtsmahl suchen. Eigentlich aßen sie ja lieber frische Buschwindröschen oder Sumpfdotterblumen, aber da mussten sie noch eine Weile warten, schließlich war es Winter. So kam es, dass Wanka, Willy, Wesna und Wendolyn zusammen ins *Obere Rabental* liefen, denn dort und nur dort wuchsen die beliebten Eichen und Buchen. Vielleicht waren ja noch ein paar Bucheckern oder Eicheln zu finden, schließlich sollte das Weihnachtsfest ja etwas ganz Besonderes werden. Eigentlich durften sie nicht allein vom *Unteren* in das *Obere Rabental* laufen, denn hier trieben sich oftmals die im Harz neu angesiedelten Wölfe und Luchse herum und diese waren den Wildschweinen so gar nicht wohlgesonnen. Aber die vier Wildschwein-Kinder kümmerten sich nicht um die Warnung ihrer Eltern und trabten los. Es sah schon sehr witzig aus wie die vier so durch den Schnee, hüpften und man alle Nase lang ihre kleinen braunen Näschen aus dem hohen Schnee ragen sah. Sie sprangen und sangen, spazierten, pausierten – sie liefen und riefen in den glitzernden Tiefen. Und endlich sahen sie ihre heißgeliebte Lichtung, auf der es nur so von Buchen und Eichen wimmelte. Doch leider stand dort ein großer ausgewachsener Luchs.

Da bekamen die vier Wildschweine aber einen mächtigen Schrecken, denn fast wären sie schnurstracks auf die Lichtung und somit direkt in seine Arme gelaufen. Ihnen fielen natürlich sofort die warnenden Worte der Eltern ein und so waren sie fast starr vor Schreck! Wendolyn hatte vor Angst ihre feinen Borsten von der Stirn bis zum Rücken aufgestellt.

Doch der Luchs hatte die Wildschwein-Kinder schon von weitem gehört und ging langsam auf sie zu! Willy, Wesna und Wendolyn sprangen sofort in alle Himmelsrichtungen und versteckten sich. Doch was sie dann sahen verschlug ihnen den Atem! Wanka war einfach weitergegangen. Hatte sie denn den Luchs nicht gesehen? Obwohl Willy vor Angst mit den Zähnen klapperte, rief er Wanka ein paar warnende Worte zu. Doch Wanka hatte ihn scheinbar nicht gehört! Sie ging einfach weiter!

Das konnte ja kein gutes Ende nehmen! Plötzlich hörten sie Wanka lachen!

Hatte Wanka vor lauter Angst den Verstand verloren? Gerade als sie ihrer Freundin zu Hilfe eilen wollten, sahen sie, dass der Luchs Wanka über den Kopf streichelte. Konnten sie ihren Augen wirklich trauen?

Sie konnten! Wanka rief ihnen freudig zu und winkte sie heran. Ganz wohl war es den dreien nicht, als sie näher kamen. Doch dann bemerkten sie, dass sich die beiden zu kennen schienen. Und tatsächlich, Wanka erzählte voller Stolz, wie es zu dieser Bekanntschaft gekommen war. Da die Pustelschweine und auch die Zwergwildschweine nur noch ganz selten auf der Welt lebten, hatten die Menschen beschlossen, einige dieser Exemplare in einen Zoo zu bringen. Schnell bemerkten die Zoobesitzer, dass sie eine ganz besondere

Mischung erwischt hatten, denn ein Pustel-Zwerg-Wildschwein gab es nur einmal auf der Welt!

So steckte man Wanka mit ihren Eltern in einen langen Zug, um die außergewöhnliche Familie in den Zoo zu karren. In diesem Zug gab es noch mehr seltene und außergewöhnliche Tiere, so auch Lynx, den Luchs. Dieser sollte mit seiner Familie in den Wäldern des Harzes ausgewildert werden. Der Zug hielt, die Tür öffnete sich, die Tiere wurden in die Wildnis hinaus gescheucht. Kurze Zeit später bemerkte der Aufseher, dass die Tiere freigelassen wurden, doch da war es schon zu spät! Die Wildschweinfamilie, samt Wanka und die Luchsfamilie mit Lynx hatten das Weite gesucht. Irgendwann gab man auf, sie zu suchen und so liefen die ausgebüchsten Tiere immer weiter, bis sie irgendwann in den tiefen Wäldern des Harzes gelandet waren.

Die Luchse ließen sich im *Oberen Rabental* und die Wildschweine im *Unteren Rabental* nieder.

Sie hatten sich schon eine Weile nicht mehr gesehen, aber glücklicherweise hatten sie sich sofort erkannt.

Lynx schimpft ein wenig mürrisch mit Wanka und ihren Freunden, schließlich war es hier nicht ganz ungefährlich für sie, hier wimmelte es nur so von Wölfen und Luchsen. Aber Wanka lachte nur, schmiegte sich an ihren Freund und erzählte von ihrem Vorhaben. Lynx lächelte seine kleine Freundin liebevoll an und sagte: „Du bist halt was ganz Besonderes, mein kleines Pustel-Zwerg-Wildschwein-chen!“.

Dann machten sie sich gemeinsam auf den Weg zu den großen verschneiten Eichen, diesmal unter dem Schutz von Lynx. Tatsächlich fanden sie ein paar Bucheckern und Eicheln und liefen freudestrahlend wieder Richtung *Unteres Rabental.* Lynx kam vorsichtshalber mit, doch glücklicherweise lief ihnen niemand der gefürchteten Waldbewohner über den Weg.

Sie sprangen und sangen, spazierten, pausierten – sie liefen und riefen in den glitzernden Tiefen. Und immer in ihrer Nähe: Lynx, der Luchs.

Schließlich kamen sie in die Gegend des Grumbaches. Hier wohnte Wanka seitdem sie sich in den Tiefen des Harzes niedergelassen hatten. Wanka's Mutter Wiltraud lag gerade in ihrem Kessel (ja, so heißt das Nest der Wildschweine) und ruhte sich aus. Schnell sprang sie aus dem Nest und strich sich die Borsten glatt. War das eine Freude! Auch Wally, Wanka's Vater kam sofort angerannt, dieser suhlte sich gerade genüsslich im Dreck! Sie luden Lynx zum Weihnachtsmahl ein.

Und da ja nun auch Willy, Wesna und Wendolyn die Bekanntschaft mit dem befreundeten Luchs gemacht hatten, wurden diese ebenso erwartet.

Am Heilig Abend saßen also Wanka, Willy, Wesna und Wendolyn mit ihren Familien an der üppig gedeckten Tafel und warteten gespannt auf die Luchs-Familie. Und tatsächlich, ein kleines Stündchen später kam Familie Luchs mit Lynx, Linda und Lurf. Ein bisschen mulmig war der Bartschwein-Familie zu Beginn schon, aber irgendwann legten sich die Bedenken und so hatten sie alle zusammen ein wunderschönes Weihnachtsfest! Es wurde gespeist, erzählt und viel gelacht!

Und als die Sterne schon ganz weit oben am Himmel standen und sie die Mitternachtsglocke des Kirchturmes hörten, sangen sie zusammen das Lied „Stille Nacht, Heilige Nacht". Es war das schönste Weihnachtsfest aller Zeiten!

Zwergenhunger

Graue Schläfen und silberne Lichtreflexe in seinem Drei-Tage-Bart waren der einzige Hinweis darauf, dass Yogi doch schon ein gewisses Alter erreicht haben musste. Ansonsten war der schmale, sympathische und für einen Zwerg schon fast große Yogi, durchaus jung geblieben. So saß er mal wieder auf einem mit Moos bewachsenen Baumstumpf und hatte ein paar Zwergenkinder an seiner Seite. Er stützte sich auf seinen langen weißen Stock und rauchte genüsslich seine Pfeife.

Erst als alle Zwergenkinder aus dem Dorf hinter der riesigen Eiche gekommen waren, begann er seine Geschichten zu erzählen. Natürlich kamen Iklaan, Kocki und Lowinork als letztes, sie waren mal wieder in dem nahen Wald spielen gegangen, obwohl sie wussten, dass ihnen das verboten war! Kocki sprang sogleich auf den Schoß des alten weisen Zwergs, kuschelte sich an ihn und ermunterte ihn, mit seinen Geschichten zu beginnen. So konnte Yogi ihnen mal wieder nicht böse sein und obwohl er sich diesmal ganz fest vorgenommen hatte mit den dreien zu schimpfen, wenn sie wieder in den Wald gegangen waren, brachte er es auch diesmal nicht über sein Herz.

So strich er dem kleinen Kocki sanftmütig über den Kopf, zog noch einmal an seiner silbernen Pfeife und fing an.

„Als ich noch jung war, so ziemlich genau in eurem Alter, ging ich eines Tages mit meinen Freunden am Grumbach entlang und wollte über die Holzbrücke am Spiegeltal gehen. Und obwohl wir alle wussten, dass der Bach hier am tiefsten ist und an dieser Stelle die meisten Forellen umherschwammen, konnte ich nicht widerstehen und kletterte den großen Baumstamm hinauf, der als Brücke über den Bach diente. Gerade in dem Moment als ich die ersten paar Meter hinter mich gebracht hatte, sprang eine riesige Forelle aus dem Wasser, erwischte mich an den Beinen und ich drohte in den strömenden Bach zu fallen. Reflexartig griff ich nach der Forelle und hielt mich an ihr fest.

Kurz hörte ich noch meine Freunde laut nach mir schreien, dann riss mich die Forelle ins Wasser. Ich hatte Glück, dass die Forelle nicht besonders tief im Wasser schwamm, so bekam ich genügend Luft. Blitzartig schoss die Forelle hin und her und ich hatte große Mühe mich an ihr festzuhalten. Mein roter Umhang war schon zu Beginn des Unglücks in das Wasser gefallen, nun hatte ich auch noch meine neue Mütze verloren! Doch es half alles nichts, ich konnte mich nur über Wasser halten indem ich mich an der Forelle festhielt. Denn leider war das Wasser hier nicht nur besonders tief und die Strömung sehr gefährlich, große kantige Steinbrocken lagen auf dem Grund des Grumbaches und ich hätte nur zu leicht gegen sie geschleudert werden können. Durch das viele Wasser in meinem Gesicht konnte ich nichts sehen und meinen Orientierungssinn hatte ich schon lange verloren!" Mit aufgerissenen Augen und offenen Mündern hörten ihm die Zwergenkinder zu; Kocki drückte liebevoll seine Hand und konnte es kaum glauben, dass der sonst doch so vernünftig wirkende Yogi in eine solch missliche Lage geraten war.

Yogi zog noch einmal an seiner Pfeife, pustete kleine Kreise mit dem Rauch der aus seinem Mund kam und erzählte weiter.

„Als ich schon fast zu ertrinken drohte, ließ die Strömung nach, der Fisch beruhigte sich ein wenig und das Ufer schien immer näher zu kommen. Als das Wasser nicht mehr ganz so tief zu sein schien, ließ ich den Fisch los und versuchte an das Ufer zu gelangen. Erschöpft und mit letzter Kraft konnte ich mich aus dem Wasser befreien und zog mich an einer Baumwurzel Richtung Ufer. Dort schnappte ich erst einmal nach Luft und versuchte mich ein bisschen zu beruhigen. Dieser Abschnitt des Baches war mir völlig unbekannt und ich machte mir langsam Sorgen wie ich den Weg nach Hause finden könnte.

Gerade als ich mich an der hölzernen Wurzel hochziehen wollte, bemerkte ich, dass etwas in dem Wurzelwerk zu schimmern schien. Ganz vorsichtig schob ich die Wurzel und das weiche Moos ein wenig zur Seite, griff mit meinen kleinen Händen in die Wurzelhöhle und konnte tief im Inneren etwas ertasten. Langsam zog ich meinen Arm wieder heraus und war ganz überrascht als ich einen mit Edelsteinen besetzten Ring in der Hand hatte. Ich rieb den Ring an meinem Bein und staunte nicht schlecht als ich ihn nun in seiner ganzen Pracht erkennen konnte. Gold und Silber funkelte mir entgegen, der Stein war azurblau und in der Mitte leuchtete er purpurrot. Als ich den Ring in die Sonne hielt, konnte ich kleine Schriftzeichen in elfenartiger

Schriftform erkennen. Sogleich steckte ich ihn in meine Hosentasche. Dann kletterte ich das letzte Stück hinauf und legte mich erschöpft an das Ufer.

Eine ganze Weile lag ich auf dem weichen Gras zwischen dem grünen Sauerampfer und dem Bärlauch, der dort überall am Ufer wuchs und schaute einfach in den Himmel. So muss ich dann wohl auch eingeschlafen sein, denn als ich die Augen öffnete, schien der Mond auf mich herab. Die Fledermäuse waren schon am Flussufer zu sehen, sie versuchten ein paar von den leckeren Zirkon-Mücken zu erwischen. Diese sind, wie ihr wisst, besonders schmackhaft - ein wahres Festmahl!

Langsam bekam ich es mit der Angst zu tun. Es war dunkel, ich wusste nicht wo ich war und mein Bauch knurrte ganz schrecklich, ich hatte seit den frühen Morgenstunden nichts mehr gegessen und hatte somit großen

Hunger." „Aber dann hast du doch bestimmt angefangen zu singen?", fragte Lowinork, der mittlerweile an den Füßen von Kocki saß.

Wenn die Zwerge über einen längeren Zeitraum nichts gegessen haben, fangen ihre Stimmbänder an zu vibrieren und es entweicht ein Singsang ähnlicher Ton aus ihren Kehlen. Diese Melodie ist noch kilometerweit von anderen Zwergen zu hören, diese haben ja mit ihren spitzigen Ohren ein ganz gutes Hörvermögen, sie können fast so gut hören wie ein Hund. „Ja, ich summte und brummte und mein Gesang war mit Sicherheit bis zur alten Eiche zu hören, denn plötzlich sah ich in der Ferne ein kleines Lichtlein, welches immer näher zu kommen schien. Dies konnte nur eine Zwergenlampe sein! Das typische flackende Licht einer Zwergenlampe!"

Yogi erzählte wie er sich dann doch ein wenig fürchtete als das Licht näher kam, es hätte ja schließlich auch sein können, dass jemand die Lampe im Wald gefunden hatte. Was wäre wenn einer der Menschen auf ihn zu kommen würde? Als es dann noch zu allem Überfluss in seiner Nähe plötzlich kurz krachte und ein lautes Krächzen zu hören war, blieb ihm fast sein kleines Herz stehen.

Gerade als er überlegte, ob er nicht doch lieber losrennen sollte, sah er seinen Freund Natzroflonn. Erleichtert und überglücklich schloss er seinen Freund in die Arme! Seine treuen Freunde waren sofort hinunter ins Dorf gelaufen und erzählten dem ältesten Zwerg, dass Yogi von einem riesigen Fisch ins Wasser gerissen wurde und baten den Ältesten um Hilfe. Dieser trommelte schnell ein paar der Zwerge aus dem Dorf zusammen und so machten sie sich gemeinsam auf die Suche. Überall versuchten sie Spuren von dem kleinen Zwerg zu finden, doch nichts deutete darauf hin, dass Yogi hier gewesen war. Als die Sonne schon lange untergegangen war und der Mond bereites hell am Himmel leuchtete, hörte Natzroflonn ein leichtes wimmern und surren; eindeutig der Singsang eines hungrigen Zwerges. Das konnte nur sein Freund Yogi sein. Und tatsächlich, nachdem die Zwerge das Uferstück mit der Zwergenlampe ausgeleuchtet hatten, konnten sie ihn zwischen den Gräsern und Blumen im Gras liegen sehen. Wie froh war Yogi als er die Zwerge auf sich zukommen sah. Sofort lief er ihnen entgegen und umarmte seine Freunde.

Zusammen gingen sie zurück ins Dorf. Dort angekommen, mussten die Zwergen-Kinder genau berichten, wie es zu dem Unglück gekommen war. Just in dem Moment als der Zwergen-Älteste mit Yogi, Natzroflonn und Geribald schimpfen wollte, weil diese so unachtsam am Grumbach gespielt hatten, obwohl ihnen dies verboten war, fiel dem kleinen Yogi der Ring aus der nassen Hose. Verwundert sprang der Älteste auf und ein lauter Freudenschrei, gefolgt von einem Freudentanz, ertönte durch die kleine Zwergenhütte. Der Ring gehörte dem Ältesten der Zwerge und wurde vom Ältestem zum nächsten Ältesten weitergegeben. Der Ring sollte das Dorf vor Unheil bewahren.

Der Zwergen-Älteste hatte ihn vor Jahren am Ufer des Grumbaches verloren und das Dorf wurde von diesem Tag an vom Unheil verfolgt.

Dankbar nahm der Zwergen-Älteste Yogi in die Arme und konnte seine Freude über den endlich wiedergefundenen Ring nicht verbergen. Seinen Zorn über die Zwergenkinder vergaß er in diesem Moment und so konnten Yogi, Natzroflonn und Geribald zu ihren Familien zurückkehren.

Von nun an mieden die drei Freunde das Ufer des Grumbaches.

Yogi schaute Kocki, Iklaan und Lowinork lange und eindringlich an. Gleichzeitig nickten ihm die drei Freunde zu, sie hatten verstanden was ihnen Yogi sagen wollte.

Still war es, kein Gekicher oder Geflüster war zu hören; alle Zwergenkinder liebten seine Geschichten.

Plötzlich fing Yogi an zu „singen"... sein Bauch knurrte und aus seiner Kehle drangen Singgräusche - er hatte mal wieder nicht ausreichend gefrühstückt... die Kinder lachten und auch der Zwerg mit den weißen Schläfen stimmte aus vollem Herzen mit ein; dann holte er ein paar getrocknete Zirkon-Mücken aus seinem Rucksack und teilte sie brüderlich unter den Kindern auf. Genüsslich aßen die Zwergenkinder die köstlichen Mücken und lauschten der nächsten Geschichte.

Iklaan, Kocki und Lowinork sind nie wieder allein in den Wald gegangen und auch kein anderes Zwergenkind wurde dort jemals gesehen.

Der Veggitukka-Baum

Es waren einmal drei kleine Zwerge, die in einer wunderschönen Baumhöhle unter dem Veggitukka-Baum im Norden des Zwergenlandes wohnten. Flocky, Rocky und Puu lebten dort seit Anbeginn der Zeit und hatten ihr Dorf niemals verlassen! Sie waren nie weiter gereist als bis zum grünen Fluss. Dort holten sie täglich Wasser, fingen Fische und machten ein Feuer wenn es gegen Abend kälter wurde. Sie legten sich ans knisternde Feuer und erzählten Geschichten über die gute alte Zeit. Meist lockte der wohlige Geruch des gebratenen Fisches andere Zwerge aus der Gegend an und so waren die drei Freunde stets in guter Gesellschaft!

Eines Tages gesellte sich ein weißhaariger, knochiger, alter Zwerg zu den freundlichen Gesellen und nachdem er stundenlang nur stumm ins Feuer geschaut hatte, holte er tief Luft, atmete geräuschvoll aus und sagte mit ruhiger, dunkler Stimme: „Wir müssen den Norden verlassen und in den Süden gehen!" Langes Schweigen trat ein. Niemand wagte auch nur ein Wort zu sagen oder laut zu atmen. Die Zwerge schauten sich fragend an. Da erhob sich der alte Zwerg und schaute Flocky, Rocky und Puu lange und eindringlich an! „Wir müssen die alten

Wurzeln der Veggitukka-Bäume mit Zwergenstaub versorgen, sonst werden unsere Bäume auch im Norden irgendwann verkümmern und wir werden unser Zuhause verlieren!" erklärte der Zwerg. Er setze sich wieder zu den Zwergen ans Feuer und malte ein paar Bäume in den Sand.

„Die Veggitukka-Bäume haben unter der Erde ein riesiges Wurzel-Geflecht, welches im Norden des Landes gut wächst und gedeiht. Der Boden ist hier voll mit goldenem Zwergenstaub, den die Veggitukka-Bäume zum Wachsen benötigen! Dort, wo die Wurzeln der Veggitukka-Bäume nur wenige Zentimeter unter der Oberfläche wachsen, herrscht Frieden! Kein böses Wort fällt in der Nähe der Wurzeln, kein Neid herrscht zwischen den Bewohnern, nur Freude und Herzensgüte bei den barfuß wandelnden Zwergen!" Der Alte wurde ganz still und schaute traurig vor seine kleinen, nackten Füße. Er berichtete weiter: „Im Süden begannen ein paar wenige Zwerge den Zwergenstaub abzubauen, um diesen an die Menschen zu verkaufen! Der Zwergenstaub bringt den Menschen süße Träume und so kauften sie Unmengen von dem Staub; nun droht der Veggitukka-Baum zu verkümmern und die Welt der Zwerge wird sich verändern, sollte es nicht gelingen dies zu stoppen!" Der alte Zwerg bat die drei in den Süden zu gehen um dort die Wurzeln mit dem Zwergenstaub zu bedecken! Doch er warnte die drei Freunde vor den Menschen, diese würden versuchen ihnen den Zwergenstaub abzunehmen! Flocky, Rocky und Puu überlegten nicht lang und stimmten dem Vorschlag des Zwerges zu. Gleich am nächsten Tag luden sie drei riesengroßen Säcke voll mit Zwergenstaub auf ihre Rücken und machten sich auf den Weg in den Süden des Landes. Zum Abschied gab der alte Zwerg jedem eine blaugesprenkelte Bohne des Veggitukka-Baumes, diese sollten sie einsetzen, wenn die Menschen ihnen zu nahe kommen würden!

So gingen die drei Freunde mit ihrem schweren Gepäck auf dem Rücken Richtung Süden. Sie überquerten den grünen Fluss, an dem sie täglich Wasser holten und blickten wehmütig zurück! Noch nie hatten sie diesen Fluss überquert! Noch nie hatten sie den Norden verlassen!

Der Rucksack war schwer und drückte sich in die kleinen Rücken der Zwerge, so machten sie kurz Rast, um ein wenig Kraft zu sammeln. Kaum hatten sie ein Feuer angezündet, trat ein großer, dünner Mann an die Feuerstelle und fragte, ob sie Zwergenstaub hätten. Natürlich verneinten die Zwerge! Doch als der

Mann gegangen war, schliefen sie nicht, sondern hielten reihum Wache! Und tatsächlich, kurz vor Mitternacht schlich sich der Mann von hinten an die Säcke und wollte sich den Zwergenstaub einfach nehmen! Flocky bemerkte den Mann und schmiss eine der Bohnen in seine Richtung. Sofort blitzten tausend kleine goldene Funken aus der Bohne in die Augen des Mannes, dieser lächelte, sackte in sich zusammen und schlief auf der Stelle ein.

Unverzüglich gingen die Freunde weiter, mieden aber den Weg auf dem die Menschen so oft anzutreffen waren und gingen nun durch den dichten, grünen, dunklen Wald. Irgendwann bemerkten sie, dass sie jemand verfolgte! Eine gehetzt wirkende kleine, runzlige Frau mit einem langen Ast als Stütze hatte ihnen nachgestellt und war nun so nahe, dass sie nach einem der

Säcke greifen konnte. Rocky drehte sich blitzartig um, schmiss eine Bohne vor die Frau und so schnell die Zwerge nur konnten, duckten sie sich. Doch zu spät, die Bohne zersprang. Aus ihr funkelte und blitzte es und die Funken sprühten nicht nur in die Augen der Frau, sondern erwischte ebenso die Zwerge. Kurz rieben sie sich noch die Augen, doch dann kam schon der Schlaf über sie.

Still war es und dunkel, als Puu stundenspäter versuchte die Augen vorsichtig zu öffnen. Er schmunzelte als er zur Seite blickte. Da lagen seine Freunde und schliefen tief und fest mit einem zufriedenem Lächeln im Gesicht, auf dem moosigen Waldboden. Rocky hatte den Daumen in den Mund gesteckt und schlief friedlich, wie ein neugeborenes Baby. Flocky hatte sich wie ein kleines Baby-Einhorn zusammengerollt und kuschelte sich liebevoll an Rocky! Die Frau lag neben ihnen und schnarchte laut und herzzerreißend.

Puu drehte sich um - oh nein! Was war geschehen? Wo waren die drei Säcke Zwergenstaub?

Nochmals rieb er sich die Augen und erkannte ganz klein, in weiter, weiter Ferne eine hüpfende Gestalt. Sofort begriff er, dass diese Gestalt ihre Säcke mitgenommen hatte. Er stieg schnell auf den nächsten Baum, wickelte eines seiner langen goldenen Haare um eine Astgabel, legte die Bohne hinein, spannte das Haar und zielte.

Nun müsst ihr wissen, dass die Haare der Zwerge elastisch wie Gummibänder sind und deshalb flog die Bohne in hohem Bogen, mit schneller Geschwindigkeit durch die Luft. Es zischte, es pfiff und „Pock", traf die Bohne die Gestalt direkt am

Hinterkopf. Da sich dort keine Haare befanden, zerplatzte die Bohne sofort nach ihrem Aufprall! Es blitzte und funkelte und die Gestalt sackte in sich zusammen und schlief sogleich ein.

Mittlerweile waren auch Flocky und Rocky wieder erwacht, entdeckten Puu auf dem Baum und begriffen sofort was geschehen war. Sie folgten der Flugbahn der Bohne und sammelten ihre Säcke ein. Schnell machten sie sich wieder auf den Weg. Sie mussten ja befürchteten, dass die alte Frau auch bald aus ihrem Schlaf erwacht und versuchen würde, ihnen die Säcke abzunehmen – und sie hatten ja alle ihre Bohnen aufgebraucht!

Nachdem der Mond dreimal aufgegangen war, kamen sie im Süden, am Ende des Wurzelgeflechtes, an. Die Spitzen waren schon ganz vertrocknet und sahen verkümmert und verwelkt aus. Im letzten Augenblick konnten Flocky, Rocky und Puu nun den Zwergenstaub an die Wurzeln des Veggitukka-Baumes streuen! Auf der Stelle begann die Wurzel zu keimen und zu wachsen.

Sie hatten es geschafft! Glücklich und zufrieden legten sie sich auf das weiche Moos und ruhten aus. Als die Sonne aufging, machten sie sich auf den Heimweg und gingen schnurstracks zurück in den Norden des Zwergenlandes. Auch dort war die Kraft des Zwergenstaubes bereits wieder besser zu spüren! Auf dem Weg begegneten sie stets freundlichen Zwergen und Menschen und hörten kein böses Wort oder spürten Neid noch Hass. An Ihrem Baum angekommen, zündeten sie ein Feuer an, setzten sich auf die knorrigen, alten Baumstümpfe in der Nähe des Feuers, bohrten ihre nackigen Füße in den warmen Sand erzählten ihre Geschichte immer und immer wieder.

Die Harznoks und das tapferste Schneiderlein

An einem wunderschönen Frühlingstag flog Wurpik eine kleine Runde über die zartgrünen Wiesen und Weiden. Vorbei an einzigartigen Wäldern und herrlichen Flusstälern. Hier war er zu Hause, hier fühlte er sich wohl. Gern flog er auch über den kleinen Fluss am Adlersberg, der sich so lustig in den Tälern hin und her schlängelte. Er liebte die beiden kleinen Dörfchen, die den Fluss verbanden – es waren Bergstädte, in denen früher sogar Erz abgebaut wurde. Die Höhlen unter der Erde gab es noch, und ab und zu, wenn es im Harz dann doch mal zu warm wurde, flog er mit Sikkim gern in ihnen herum und genoss die Abkühlung unter Tage. Doch heute war es nicht ganz so warm und er wollte nur ein bisschen umherfliegen. Ein paar mal überquerte er den hiesigen Fluss und schaute den Forellen beim Schwimmen zu. Doch dann machte er eine merkwürdige Entdeckung. Ein kleines Boot aus Papier schwamm den Bach hinunter. Schon neulich hatte er eines entdeckt. Und am Montag nach Ostern hatte er auch schon eines gesehen. Diesmal flog er an das Ufer und betrachtete es genauer.

Ein kleines Schiffchen aus Papier, fast so groß wie er selbst.

Na, nun muss man wissen, dass Wurpik ja ein *Harznok* ist, und diese ja nur handgroß sind. Jedenfalls war das Schiffchen voller Schriftzeichen. Hier hatte sich jemand sehr viel Mühe gegeben.

Wurpik faltete es auseinander und erblickte herzzerreißend geschriebene Worte. Hier hatte jemand sein Herz ausgeschüttet. Wurpik faltete das Papier, zog es glatt und steckte es zwischen seine Flügel. Dann flog er weiter den Fluss entlang. Als er an dem Wasserfall vorbei flog, fand er noch ein kleines Papierschiffchen. Auch dieses war beschrieben, endete aber mit einem rosaroten Herz. Wurpik steckte es zu dem anderen Schiff zwischen seinen Flügeln. Nun musste er aber weiter, Sikkim wartete bestimmt schon auf ihn, sie wollten sich doch heute mit der Wolfshägenerin treffen.

Die Wolfshägenerin war eine gute Schneiderin und die *Harznoks* brachten ihr ab und zu mal ein paar Kleider von ihren Freunden von der Schwäbischen Alb. Die einfachen Kleider konnten die kleinen Schwälbler ja selber nähen. Aber die kostbaren Umhänge aus Buschwindröschenblättern, Trachten-jacken aus Habichtskraut und aufwendigen Kleider aus Wollgras ließen sie von der Schneiderin nähen, denn diese war nicht nur viel tapferer als das tapfere Schneiderlein, sie war das *tapferste Schneiderlein* und auch hundertmal lustiger. Und da die Wolfshägenerin so gern in dem Dorf an der Laute spazieren ging, trafen sie sich meist dort.

Auch die *Harznoks* liebten dieses Dörfchen, in dem kurz vor Ortsende ein wunderschönes hölzernes Wasserrad steht, welches sie mit dem ansässigen Tischlermeister vor vielen Jahren zusammengebaut hatten.

Da saßen sie auch schon. Sikkim flog aufgeregt um den Kopf der jungen Frau herum, die beiden scherzten und kicherten. Wenn die Schneiderin kam, gab es immer was zu lachen. Wurpik gesellte sich zu ihnen und gerade als er seine Flügel zusammenklappte, rutschten die zusammengefalteten Papierschiffchen heraus. Die Schneiderin nahm das Papier, faltete es langsam auseinander und fing an zu lesen. „Ah, ein Sorgenboot", stellte sie fest. Wurpik und Sikkim schauten sie fragend an. Die junge Frau erklärte, dass die Menschen, die Wünsche oder Sorgen haben, diese auf einen Papierbogen schreiben und diesen dann zu einem kleinen Schiffchen falten würden. Dieses würden sie dann in den Fluss legen, noch ein paar Worte dazu sprechen und dann schwamm das Boot mit den Sorgen davon. Und am nächsten Tag waren die Sorgen verschwunden. Und wenn nicht gleich am nächsten Tag, dann doch zumindest am übernächsten oder überübernächsten. Ach, was für eine schöne Geschichte!

Eine ganze Weile erzählte sie noch von den Sorgenbooten und dass auch sie schon ein kleines Schiffchen voller Sorgen in den Fluss geworfen hatte und diese sich dann tatsächlich in Luft aufgelöst hatten.

Wurpik und Sikkim waren begeistert. Sie stellten sich die vielen Flüsse und Bäche voller Papierboote vor. Und bestimmt schwammen auch welche auf den unzähligen Gewässern, Stauseen und Talsperren. Wasser gab es ja weiß Gott genug im Harz. Was für eine schöne Vorstellung.

Die *Harznoks* übergaben der Schneiderin die Gewänder und wollten sich dann gleich auf den Weg machen. Doch als die Schneiderin aufstand, rutschten ihr aus der Tasche ein paar bunte Karten.

Eine Karte wirbelte Wurpik direkt vor die Füße. „Und was ist das?", fragte er interessiert. „Ach, das sind Karten von dem *tapferen Schreiberlein*", antwortete sie verschmitzt und musste grinsen. „Die Karten sind von einer sehr guten Freundin, die in weiter weiter Ferne wohnt", ergänzte die junge Frau.

„Aber wisst ihr was?", fragte die Schneiderin die beiden *Harznoks* voller Freude. „Das sind nicht einfach irgendwelche Karten! Jede dieser Karten ist „Gold wert". Den Karten wohnt ein Zauber inne, sie wurden mit der Tinte der *Schwälbler* geschrieben.

Wer sie liest, dem wird ein Lächeln auf die Lippen gezaubert", erzählte die junge Frau mit einem breiten Lächeln im Gesicht, denn sie kannte *das tapfere Schreiberlein* genauso, wie die pulzigen *Schwälbler*. Und sie wusste, unter welch' zauberhaften Umständen die Tinte hergestellt wird. Langsam wurde es spät, und Wurpik und Sikkim wollten heute noch Glühwürmchen Günni besuchen. Dieser hatte seiner Mutter versprochen sich nach einem passenden Glühwürmchen-Mädchen umzuschauen, doch leider hatte er noch keines gefunden und der Juni war schon fast vorbei. Wurpik hatte eine tolle Idee und wollte Günni gern helfen.

Wurpik und Sikkim machten sich auf den Weg. Unterwegs trafen sie noch auf Wildschwein Wanka. Und wollt ihr wissen, was sie gerade machte? Sie ließ ein kleines weißes Papierschiffchen zu Wasser. Da mussten Wurpik und Sikkim schon ein kleines bisschen schmunzeln. Und als sie sahen, dass das Boot voller kleiner roter Herzchen war und Wanka einen hochroten Kopf bekam, als sie die beiden erblickte, kamen sie aus dem Grinsen nicht mehr heraus.

Natürlich gibt es noch weitere Geschichten von den lustigen *Harznoks* - aber die müssen erst noch zu Papier gebracht werden. Doch eines sei schon verraten, es wird spannend. Und Eichhörnchen Eimo, Dachs Darius und Kuh Karoline werden auch dabei sein. Naja, und Wildschwein Wanka, das ist ja klar.

Buchempfehlungen

Schmunzelstücke

Yasmin Mai-Schoger

Moderne Gedichte zum Schmunzeln und Nachdenken

Eine kunterbunte Auswahl an Wohlfühlgedichten

ISBN: 9 783751 906777
erschienen im BoD-Verlag

Harzschnipsel

Yasmin Mai-Schoger

Gedichte und Geschichten aus dem Harz
inkl. der Geschichte vom „kleenen Brummer"

„Der wilde Mann"

ISBN: 9 783750 480032
erschienen im BoD-Verlag

Yasmin Mai-Schoger

Der Hausberg

Gedichte und Geschichten rund um die Achalm

inkl. dem Achalm-Märchen "Der Hirte und die Schafstrauben"

Der Hausberg

Yasmin Mai-Schoger

Gedichte und Geschichten rund um die Achalm
inkl. des Achalm-Märchens

„Der Hirte und die Schafstrauben"

ISBN: 9 783732289814
erschienen im BoD-Verlag

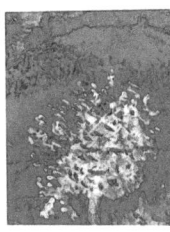

Yasmin Mai-Schoger

Die Achalm

Gedichte und Geschichten rund um die
Achalm

inkl. der Geschichte "Ulm und der Ausflug auf die Schwäbische Alb"

Die Achalm

Yasmin Mai-Schoger

Gedichte und Geschichten rund um die Achalm
inkl. der Achalm-Geschichte

„Ulm und der Ausflug auf die Schwäbische Alb"

ISBN: 978-3-7494-6851-5
erschienen im BoD-Verlag

Yasmin Mai-Schoger

Die Schwälbler

Geschichten von der Achalm und der
Schwäbischen Alb

inkl. der Gedichte "Die Nacht war kurz" und "Ganz weit oben"

Die Schwälbler

Yasmin Mai-Schoger

Geschichten von der Achalm und
der Schwäbischen Alb
inkl. der Geschichten aus dem Harz

„Ein Harznok auf Reisen"
„Ein Schwälbler bei den Harznoks"

ISBN: 978-3-750-41198-2
erschienen im BoD-Verlag

Yasmin Mai-Schoger

Frau Wirbelwusch

und andere lustige Gedichte und
Geschichten für Kinder

inklusive der bereits veröffentlichten Geschichte
"Chillis erster Ausflug"

Frau Wirbelwusch

Yasmin Mai-Schoger

Gedichte und Geschichten für Kinder
inkl. der Geschichte

„Chillis erster Ausflug"

ISBN: 978-3-7504-3772-2
erschienen im BoD-Verlag